과거의 굴레

과거의 굴레
김영숙 지음

초판 인쇄 2023년 10월 20일
초판 발행 2023년 10월 25일

지 은 이 김영숙
펴 낸 이 양현덕
펴 낸 곳 (주)디멘시아북스
기획·편집 양정덕
디 자 인 이희정

등록번호 제2020-000082호
주 소 (16943) 경기도 수지구 광교중앙로 294 엘리치안빌딩 305호
전 화 031-216-8720
펙 스 031-216-8721
홈 주 소 www.dementiabooks.co.kr
이 메 일 dementiabooks@naver.com

ISBN 979-11-971679-8-0 03810
정 가 12,000원

ⓒ 김영숙 2023 Printed in Korea

* 이 책은 저작권법에 따라 보호받는 저작물이므로 무단전제와 무단복제를 금하며, 책 내용의 전부 또는 일부를 이용하려면 반드시 저작권자와 (주)디멘시아북스의 서면동의를 받아야 합니다.

* 파본이나 잘못된 책은 구입하신 곳에서 바꿔드립니다.

제5회 디멘시아 문학상 공모전 소설 부문 우수상 수상작

과거의 굴레

김영숙 장편소설

디멘시아북스

| '과거의 굴레' 심사평 |

2021년 제5회 디멘시아 문학상
소설 공모전 우수상 수상작

김은정(경남대학교 국어교육과 교수)

　제5회 디멘시아 문학상은 새로운 옷으로 갈아입었다. 그동안 소설에만 한정되어 있었던 공모 분야를 수기 부문까지 확대한 것이다.
　그래서인지 올해 응모 작품은 그 어느 때보다 풍성했다. 그러나 양적 확대를 넘어서 무엇보다 기쁜 것은 응모작의 수준 또한 전반적으로 우수했다는 것이다.

　소설 부문에서는 대상으로 민혜의 〈레테 강의 사람들〉을, 최우수상으로 장훈성의 〈소금꽃 질 즈음〉을, 그리고 우수상으로 김영숙의 〈과거의 굴레〉, 장려상으로 남순백의 〈어머니의 용돈〉을 각각 선정한다.

우수상인 김영숙의 〈과거의 굴레〉는 반전의 즐거움을 느끼게 해 주는 작품이다. 시어머니와 며느리의 갈등 상황이 당연히 시어머니의 치매 증상에 기인한다고 생각하게 되는데, 그 일련의 사건들이 30대 며느리의 알츠하이머 때문이었다는 설정에서 반전의 묘미를 지니고 있다. 며느리의 과거 아픔, 이해, 가족의 화해가 이루어지는 서사에서 치매에 대한 작가의 사유가 더해지는 등 '소설'이라는 장르를 잘 이해한 작품이라고 볼 수 있다.

이런 치매 환자들의 '자기 정체성'을 대신해서 이야기해 주는 사람. 이번 수기 공모를 하면서 기대했던 것은 바로 이 점이었다. 치매 환자를 돌보면서 얼마나 힘들었는지 토로하는 것이 아니라, 치매 환자의 일생을 하나의 이야기로 완성하는 데 도우미 역할을 한 '수기'를 보고 싶었다.

공모전 심사자의 가장 큰 기쁨은 좋은 작품을 가장 먼저 읽을 수 있다는 것이다. 이번 공모전 역시 치매를 주제로 한 훌륭한 문학 작품을 가장 먼저 읽을 수 있어 정말로 즐거웠다. 그 기쁨을 주신 수상자들께 감사드리며 모든 분들의 한결같은 정진을 기원한다.

| 차례 |

| '과거의 굴레' 심사평 |　　　　　　4

의심과의 전쟁　　　　　　8
갈등　　　　　　24
안으로 굽는 팔　　　　　　39
황금반지　　　　　　52
오해와 진실　　　　　　68
아픈 기억　　　　　　83
벽　　　　　　98
검은 벌레　　　　　　114
문제아　　　　　　129
과거의 굴레　　　　　　144
봄꽃　　　　　　157

수상 소감　　　　　　166

과거의 굴레

시어머니의 병명이 뭘까 궁금하기도 하고 어떤 말이 의사의 입에서 흘러나올지 사뭇 긴장되기도 했다.
조금 시간이 흐른 후 드디어 의사가 입을 열었다.
"알츠하이머병입니다."

의심과의 전쟁

 그날, 시어머니를 밀치지만 않았어도 그런 불상사는 일어나지 않았을 것이다. 아니 내가 조금만 참았어도 됐을 일인데 감정 조절이 안 된 탓이었다. 이제 와 후회한들 무슨 소용일까. 이미 시어머니는 머리에 피를 흘리고 병원으로 실려 갔는데. 노인 학대가 의심된다고? 기도 차지 않을 노릇이다. 하지만 나는 그 일로 경찰서에서 조사를 받아야 했고 남편과의 사이도 멀어지게 됐다. 억울해도 하는 수 없는 일이었다. 목격자도 없었고 오로지 시어머니의 진술이 전부였기에 꼼짝없이 노인 학대죄에 걸리고 말았다.

 "일부러 그런 거 아니라고요. 시어머니가 먼저 제 머리채를 잡으려 했고 저는 방어하느라 밀쳤던 건데 그만 벽에 머리를 부딪는 바람에 그렇게 된 거예요."

아무리 설명해도 경찰관은 내 말을 믿으려 하지 않았다. 나는 답답한 심정에 한숨만 거푸 내쉬었다.

"아무튼 다친 건 사실이잖습니까. 솔직히 말해 보세요. 그때 상황을."

"몇 번을 말씀드려야 믿어 주시겠어요? 제가 시어머니를 학대할 이유가 없다니까요. 다만 그 순간 제가 제정신이 아니었던 모양입니다. 저도 모르게 밀쳤으니까요. 그 점은 용서받고 싶습니다. 그뿐입니다."

"혹시 어르신께서 평소 치매기가 있으신가요?"

경찰관이 눈꼬리를 올렸다. 나는 고개를 저었다. 그리고 말했다.

"아뇨. 그렇진 않은데 좀 이상하긴 해요."

"어떻게?"

"아마 제가 미우니까 그러시겠지만 보기만 해도 못마땅해하세요. 그날도 그래서 그랬던 거 같고."

"거참."

경찰관이 난감한 표정을 지었다. 나는 계속 내 정당함을 밝히고자 노력했다. 이건 아무리 돌려 생각해도 정당방위다. 일부러 한 행위가 아니라는 뜻이다. 나는 억울한 심정에 그만 고개를 내려뜨리고 눈물을 내비쳤다. 마음속이 암담할 따름이었다.

"가 보세요. 사건 처리가 되는대로 연락 드리겠습니다."

"네, 알겠습니다."

나는 앉아 있던 의자에서 몸을 일으킨 다음 경찰관을 향해 가볍게 고개를 숙였다. 그리고 뒤돌아 경찰서 조사계를 빠져나왔다.

경찰서를 벗어나자 나는 곧바로 시어머니가 치료받기 위해 입원해 있는 병원으로 갔다. 하지만 시어머니는 아직도 마음이 풀리지 않았는지 나를 외면하고 쳐다보지도 않는다.

"어머님, 마음 푸시고 용서하세요. 일부러 그런 것도 아니고."

"그래서 네가 잘했다는 거냐?"

"아녜요, 어머님. 제가 잘못했어요. 다시는 그런 일 없도록 조심할게요."

나는 진심으로 머리를 조아리고 용서를 빌었지만, 시어머니는 당최 마음을 풀 기미를 보이지 않았다. 나는 시어머니가 누워 있는 침상 모서리에 머리를 묻고 한참 동안 흐느껴 울었다. 마음이 몹시 무겁고 아팠다. 얼마 후 남편이 병실로 들어섰다. 나는 면목이 없다고 말했다. 남편은 묵묵부답 입을 꾹 다물고 시어머니에게로 다가갔다. 나는 마치 죄인이 된 기분이었다. 조용히 몸을 움직여 병실 밖으로 나왔다. 복도를 지나 계단을 밟고 1층 로비로 내려온 뒤 유리문을 밀치고 병원을 뒤로했다. 밝은 햇살에 눈이 부셨다. 갑자기 머리가 띵하고 현기증이 몰려왔다. 나는 잠시 어느 지점에서 머리를 뒤로 젖히고 건물 담벼락에 기대섰다. 몽롱하다. 정신이 온통 흐릿하게 멀어져 갔다. 며칠 전의 일이 아련히 떠오른다. 내가 샤워를 하고 있을 때 시어머니가 무작정 욕실로 들어와 나를 붙들고 흔들어 댔다.

"왜 이러세요, 어머님!"

"내놔. 내 반지 네가 가져갔지?"

"무슨 말씀이세요. 제가 어머님 반지를 뭣 땜에 가져가요. 전 가져가지 않았어요, 어머님."

"잔소리 말고 내놔. 다 알고 있으니."

"잘 찾아보세요. 어딘가 있을 거예요. 전 절대로 가져가지 않았다니까요."

밀고 당기고 실랑이를 하던 중 나는 머리채를 잡으려

고 달려드는 시어머니를 냅다 밀쳐 냈다. 순간 시어머니는 뒤로 벌렁 몸을 눕히며 벽에 머리를 부딪히고 말았다. 나는 너무 놀라 경황없이 시어머니를 일으켰지만 이미 시어머니의 머리에서는 붉은 피가 흘러내리고 있었다. 나는 아찔한 생각에 전신을 부들부들 떨었다. 무엇을 어떻게 해야 할지 엄두조차 나질 않았다. 멍한 얼굴로 한참 동안 시어머니의 몸을 끌어안은 채 머리 한쪽 부분에서 흘러내리는 피를 바라만 봤다. 그리고 어느 순간 살며시 손을 움직여 피를 만졌다. 끈적끈적하다. 묽은 액체가 내 손바닥에 만져지는 동시에 나는 곧 숨이 멎을 것만 같았다. 혹시 죽은 건 아닐까? 문득 머릿속을 스치는 불길한 생각, 끔찍한 현실을 나는 도저히 받아들일 수 없었다. 하지만 너무 막연하다. 일단 정신을 가다듬고 후다닥 옷을 입었다. 그리고 황급히 핸드폰 뚜껑을 열고 번호를 꾹꾹 눌렀다. 119, 사람이 다쳤어요. ○○아파트 몇 동 몇 호. 빨리 와 주세요. 나는 침착한 어조로 말하고 그대로 정신을 잃고 말았다.

시어머니는 평소 나를 향해 애먼 소리를 자주 했다. 거의 하루도 거르지 않고 뭔가를 잃어버렸다고 아우성이다. 나는 이제 만성이 될 만도 한데 아직 적응하지 못하고 있었다. 결혼 2년째다. 애초부터 내 결혼은 축복받지 못했다. 시어머니 될 분은 결사반대했고 나 자신 또한 해서는 안 되는 결혼이었다.

"직업 확실해 인물 반반해 도대체 네가 뭐가 부족해 기어이 이런 결혼을 하겠다는 거야? 난 싫다. 비록 가진 건 없지만 알고 보면 뼈대 있는 집안인데, 꼴 못 봐."

"제가 아님 안 될 거 같은 사람입니다. 받아 주세요, 어머니."

"에고, 속 터져!"

시어머니 될 분은 가슴을 치며 못마땅해 죽을 지경인 모양이었다. 하지만 남편은 의지를 굽히지 않았고 드디어 우여곡절 끝에 결혼에 골인하게 됐다. 그러나 축복받지 못한 결혼은 끝내 불화를 일으키고 순조롭지 않은 출발을 하게 된 셈이다. 결혼식을 올린 얼마 후부터 시어머니는 사사건건 트집을 잡고 못살게 굴었고 거기다 모든 일을 의심하며 나를 힘들게 했다. 나는 견딜 수 없었다. 그런 까닭에서인지 나는 차츰 마음에 병이 들어갔다. 도저히 제정신으로 살아갈 수 없는 지경에 다다른 것이다. 매일 짜증은 증폭되고 싸움이 빈번했다. 오늘도 여느 날과 마찬가지로 서로 으르렁거리며 각자의 방에서 투덜거리는 중이었다. 뭘 또 잃어버렸다고 하는지는 모르겠지만 분명 그럴 거라는 생각은 확실했다. 요즘 들어 부쩍 의심병이 심해진 시어머니다. 나는 이골이 나 별로 신경 쓰지 않았지만 내 방까지와 소리를 지르는 데는 가만히 있을 수가 없었다.

"또 왜 그러세요?"

나는 언제나처럼 시어머니를 바라보며 물음을 던졌다.

"몰라서 물어?"

"모르겠어요."

나는 단호하게 말하고 고개를 돌렸다. 대꾸할 가치조차 없다는 생각을 했기 때문이었다. 싸우기 싫다. 옥신각신하는 것도 한두 번이지 이젠 질린다.

"내놔."

"뭘요?"

"내 속옷."

"제가 어머님 속옷을 왜 가져가요. 줘도 안 입어요."

"입던 안 입던 내놓으라고."

"없어요."

"없어? 신고할까?"

"아들이 경찰관인데 어디다 신고를 해요. 저녁에 들어오면 하세요."

"걘 왜 들먹여."

말씨름은 끝이 없었다. 나는 더 이상 대꾸하기 싫어 방 밖으로 나와 버렸다.

"시어미 말을 귓등으로 듣고!"

시어머니는 내 뒤를 쫓으며 냅다 고함쳤다. 나는 못 들은 채 거실 소파에 털썩 몸을 앉힌 뒤 TV 리모컨을 들고 볼륨을 크게 올렸다. 시어머니는 숨을 씩씩거리며 소리를 바락바락 질렀다. 나는 여전히 TV 화면에 눈을 두고 있었다. 머리는 깨질 듯 아팠고 귀는 먹먹했다.

"어머니를 어떡할 거야? 말 좀 해 봐, 올케."

시어머니의 소식을 듣고 단걸음에 달려온 시누이는 숨도 쉬지 않고 나를 다그쳤다.

"퇴원하시면 모시고 살아야죠."

"그게 다야? 머리 다친 건 어쩔 거냐고. 육십 노인네가 얼마나 힘들었을까. 생각만 해도 끔찍해."

"일부러 그런 거 아녜요, 고모. 어머님이 머리채를 잡으려고 해 순간적으로 밀쳤던 건데 그만 벽에 부딪히는 바람에 그렇게 된 거지."

"그럼 올케는 아무 잘못도 없단 얘기야?"

시누이가 두 눈을 부릅떴다.

"지금 잘잘못을 가리자는 게 아니잖아요. 고모가 중재 역할을 해 잘 수습해 주셨으면 해요. 부탁드려요, 고모."

"난 몰라. 고부간의 일을 왜 나한테 떠넘겨. 조금만 이해하고 참으면 될 걸 노인네와 똑같이 싸우는 이유가 뭔지 난 도대체 모르겠어. 정말 짜증나."

"저도 잘하려고 노력해요, 고모. 아무리 애를 써도 안 되니까 그렇죠."

내가 말을 끝내고 한숨을 쏟아 냈다.

"암튼 속내까지는 모르겠고 올케가 저지른 일이니 알아서 해. 앞으로 또 문제가 생기면 나 완전 열 받는다는 거 알아 두고. 이런 불미스러운 일로 다시는 연락하지 않았으면 좋겠어."

시누이가 상을 찌푸리고 일어서 모습을 감춰 갔다. 나는 한숨이 입에서 절로 터져 나왔다.

퇴원 후, 집으로 돌아온 시어머니는 한동안 말이 없었다. 머리를 다쳐서일까? 나는 괜한 불안감에 수시로 시어머니를 살펴봤다. 하지만 별다른 이상은 없어 보였다.

식사도 잘하시고 거동도 불편해 보이지 않았다. 나는 다소 안심하고 가슴을 쓸어내렸다. 한데 그 후 며칠이 지나자 시어머니는 지난 모습 그대로 돌아온 듯싶었다. 또다시 여러 가지 문제를 일으키며 나를 못살게 구는 것이다. 왜일까? 시어머니의 마음속에 이미 미운 오리 새끼가 돼있는 나는 도저히 예쁘게 비치지 않는 걸까. 이런 생각으로 나는 더욱 애를 썼고 노력했다. 시어머니의 비위를 건드리지 않으려고 매사 조심조심 행동에 신경을 기울였다. 그럼에도 변화는커녕 시어머니의 모습과 행동은 더 심해지기만 했다. 견딜 수 없었다. 하루하루 피가 마르는 느낌이었다. 식탁에 앉아 갑자기 차려놓은 음식을 모조리 쓸어버리기도 하고 괜한 심통을 부리며 트집 잡기도 했다.

"시어미를 뭐로 보고."

"제가 잘못한 게 있으면 말씀해 주세요. 고칠게요. 그럼 되잖아요, 어머님."

"다 필요 없고 난 꼴 보기 싫어. 아무리 좋게 보려 해도 눈앞에 얼씬거리면 천불 나."

"왜요, 어머님? 이유를 말씀해 주세요. 그래야 제가 고치죠."

"고쳐서 될 일 같으면 뭔 걱정. 한 번 깨진 사기그릇은 절대로 원래대로 될 수가 없지. 내 아들이 어디가 부족해 너 같은 걸 마누라로 둬야 해? 난 또 뭐고? 하나밖에 없는 아들 장가 잘 가길 얼마나 소원했다고. 난 그런 며느리 필요 없으니 당장 눈앞에서 사라져. 그게 내 바람이니까."

시어머니가 코를 벌름거렸다. 나는 너무도 기가 막혀 잠시 말을 잃고 멍하니 시어머니를 바라보고 있었다. 그리고 한참 후, 내가 말했다.

"그럼 제가 집을 나갈까요?"

"그래 주면 더 이상 바랄 게 없지."

"알았어요, 어머님. 상의해 볼게요."

"누구랑? 아들이랑?"

"네."

"불여우. 안 된다는 걸 빤히 알면서 날 아주 가지고 놀지. 관둬!"

시어머니는 불같이 화를 내며 의자에서 벌떡 몸을 일으킨 다음 쏜살같이 주방을 빠져나가 버렸다. 나는 쭈그리고 앉아 바닥에 흩어진 반찬 등을 주섬주섬 정리했다. 두 눈엔 눈물이 가득 고였고 왠지 모를 슬픔이 밀려왔다.

시어머니의 마음속에 잠재해 있는 나에 대한 불신은 끝이 없었다. 시어머니의 뇌리에 박혀 있는 불신, 그것은 시어머니로선 어쩌면 당연한지도 몰랐다. 그 점을 알기에 어느 정도 이해하는 부분도 있었지만 지나치다는 생각만큼은 버릴 수가 없었다. 지난 얘기다. 결혼 전에 있었던 일, 그리고 또 하나는 아주 어릴 적 있었던 사건들이다. 물론 결혼 전에 있었던 일은 아무도 알 수 없는 오로지 남편만이 알고 있는 일이었지만, 그 외의 일은 내 잘못이 절대 아니다. 자의가 아닌 타의에 의해 있었던, 어찌 보면 난 피해자일 수도 있는 일일 뿐이다. 억울하다. 그 일들로 인해 지금껏 고통을 받고 있다는 사실이 분해 견딜 수가 없다. 모든 걸 털어 버리려고 무던히 애썼건만 결혼 후까지 이어져 고통을 안겨 준다. 만약 친정 엄마가 이런 저런 얘기만 안 했더라면 시어머니가 속속들이 알고 나를 괴롭히는 일 따윈 없었을지도 모른다. 친정 엄마가 밉고 원망스럽다. 하긴 제정신이 아니기에 했겠지만. 가끔 왔다 갔다 하는 친정 엄마의 정신을 원망한들 뭘 할까. 나는 한숨을 들이쉬고 자리를 떴다.

남편이 야간 근무를 하는 날 밤이다. 초저녁부터 약간

씩 내리던 비는 밤이 깊어지자 억수같이 쏟아졌다. 나는 여전히 불안한 맘을 떠안고 잠자리에 들었다. 흔들리는 커튼 뒤에서 빗소리가 강하게 들려온다. 몸이 으스스 떨렸다. 나는 문득 창문을 열고 밖으로 뛰쳐나가 비를 흠뻑 맞고 싶다는 충동을 느꼈다. 그리고 내 안에 든 모든 것을 씻어 내 버렸으면 좋겠다는 바람을 가져 봤다. 떳떳할 수 없는 내 과거, 누가 알까 두려워 늘 감추려 했던 그 모든 것이 제정신이 아닌 친정 엄마로 인해 전부 들통 나고 말았다. 남편 외엔 아무도 알 수 없었던 일을 왜 엄마는 떠벌리게 된 걸까. 하긴 그렇지 않다면 정신에 이상이 있다고 하겠는가. 나는 매번 타박했지만 엄마는 결단코 정상이라고 우겼다.

"난 정상이야! 그렇게 생각하는 네가 비정상이지! 내가 없는 소릴 했어? 한데 왜 자꾸 날 정신병자 취급해?"

진짜 그럴까? 따지고 보면 친정 엄마는 사실을 얘기한 거뿐이다. 그걸 막으려고 필사적으로 덤비는 내가 혹여 정신에 문제가 있는지도 모른다. 사실을 감추려는 내가. 그러고 보면 반박할 건더기가 없다. 나는 헷갈리는 기분으로 엄마를 바라보곤 했다. 그리고 속으로 뇌까렸다. 엄마 말이 맞긴 하지만 그래도 내 입장에선 감춰지길 바래. 지금은 남의 식구가 가족이거든. 그때의 내가 아니라고. 이해와 용서의 폭이 다르다는 걸 알아야지. 그걸 모르면 제정신 아닌 거 맞고. 적어도 내 생각은 그래, 엄마. 나는 이불을 머리끝까지 뒤집어쓰고 한참 동안 소리 죽여 흐느꼈다. 머릿속이 하얗게 변해 갔다. 지난 일들 중 남편을 만났을 때의 순간들이 얼핏얼핏 떠올랐다. 창피하고 부끄러운 과거의 일부다. 나는 죽고 싶을 만큼 괴로웠다. 밤새 이불 속에서 몸을 뒤척였다. 빗소리는 이제 들리지 않았다.

 경찰서로부터 연락을 받고 나는 무거운 발걸음을 옮겼다. 하긴 죄지은 게 없으니 별 걱정은 되지 않았지만 어쨌든 피의자의 입장으로 경찰서를 들락거린다는 건 썩 기분 좋은 일은 아니었다. 조사계 문을 열고 들어서자, 담당형사가 웃음 띤 얼굴로 맞이한다. 나는 가슴이 약간 먹먹했지만 의연하게 그가 권하는 의자에 몸을 앉혔다. 형사가 곧바로 입을 열었다.
 "그동안 맘이 많이 불편하셨죠? 잘 돼서 다행입니다. 남편께서 아마도 중재 역할을 슬기롭게 하신 거 같습니다. 피해자가 다친 건 확실하지만 큰 상처도 아니고 또

스스로 잘못을 인정했기에 별 어려움 없이 해결됐습니다. 가족 간의 일은 저희도 곤란한 점이 많습니다. 그러니 앞으로 각별히 유념해 주셨으면 합니다."

"명심하겠습니다."

나는 가볍게 고개를 숙여 보이고 그가 내미는 서류에 사인을 한 다음 조용히 몸을 일으켜 조사계를 벗어났다. 마음이 홀가분하기보다는 어쩐지 무겁고 찝찝했다.

"너 예뻐서 합의해 준 거 아냐. 아들 땜에 어쩔 수 없이 해 준 거지. 어디 시어미를 밀치고 다치게 하는 며느리가 있는지 너도 생각해 봐. 못된 년 같으니라고."

시어머니는 몇 날 며칠 되풀이하며 나를 옴짝달싹 못하게 궁지로 몰아넣었다.

나는 더 이상 왈가왈부하기 싫어 당최 입을 꾹 다물고 아무런 대응도 하지 않았다. 시어머니는 더욱 기고만장 나를 향해 걸핏하면 그 일을 들먹이며 힘들게 만들었다. 하지만 나는 반성하는 마음으로 그저 고개만 수그릴 뿐이었다. 그것이 화해의 방법이라고 생각했기 때문이었다.

"잘했어. 지는 게 곧 이기는 거야. 부모한테 덤비면 득 될 게 뭐 있겠어. 조금 억울해도 참는 게 상수지. 안 그래?"

 남편은 연신 나를 다독이며 시어머니와 내 관계를 원만하게 하려고 노력하는 모습이 역력했다. 나는 마음속으로는 좀 억울하다는 생각이 들었지만 겉으로 드러내 표현하지는 않았다. 그래 봐야 별 이득 될 게 없다는 걸 잘 알고 있었던 탓이다. 하지만 마음속 서운함은 쉽게 가라앉지 않았다. 물론 시어머니 나름 그럴만한 이유가 있겠지만 아무리 그렇더라도 밤낮없이 괴롭히며 마치 못 잡아먹어 안달하는 듯 보이는 시어머니의 태도가 나는 여전히 못마땅할 따름이었다. 그러나 꾹 참고 견디는 수밖에 별다른 도리가 없다는 판단을 내렸기에 나는 겉으로는 괜찮은 척 아무렇지도 않은 척 무덤덤하게 넘기고 말았다.

갈등

친정 엄마가 입원해 있는 병원을 향하는 내 마음은 무거웠다. 벌써 3개월째다. 엄마의 병환이 깊어진 건 오로지 나 때문이다. 내가 조금만 참고 견뎠으면 병원에 입원까지는 하지 않아도 될 일이었는지 모른다. 그날 홧김에 덤벼들지만 않았어도 하는 후회가 거듭 밀려온다. 하지만 나는 참을 수 없었다. 지난 옛 기억을 들먹이는데 눈앞이 캄캄하고 화가 치밀어 올라 견딜 길이 없었다.

"그 얘길 왜 또 꺼내! 잊어버릴 만하면 끄집어내는 이유가 뭐냐고!"

"소린 왜 질러? 없는 얘기를 하는 것도 아닌데."

"엄마한테 잘 보이려고 한 것도 죄야? 어릴 적 생각 없이 했던 일을 걸핏하면 꺼내 사람 속 뒤집고."

"내가 흉보려고 한 거니? 그냥 우스갯소리로 한 건데 예민하긴."

"우스갯소리? 엄마는 그렇게 생각하는지 모르지만 난 아냐. 영원한 징크스라고!"

"오랜만에 친정에 와서 큰소리는."

"보고 싶고 궁금해서 왔는데 이젠 안 와!"

"알았어, 다시는 꺼내지 않을게."라고 말했지만 엄마는 다음 날 또 그 얘기를 들먹였다. 나는 열불이 나 그대로 엄마를 밀어 버렸다. 엄마는 앉은 자리에서 뒤로 벌렁 몸을 눕힌 다음 오래도록 정신을 똑바로 하지 못했다. 나는 경황없이 엄마를 붙들고 소리를 질렀다.

"엄마, 정신 차례! 눈 좀 떠 보라고!"

하지만 엄마는 끝내 병원으로 옮겨졌고 나는 죄책감에 몸을 떨지 않을 수 없게 됐다. 가슴이 답답하고 머릿속이 어지럽다. 저만큼 흰색 건물이 눈에 들어온다. 양옆으로 푸른 잔디가 쫙 깔려있다. 숨통이 약간 트인다. 발걸음은 여전히 무거웠지만 나는 잠시의 멈춤 없이 병원으로 발길을 내디뎠다.

병실은 조용했다. 6인실이었지만 환자는 두 명밖에 없

었다. 나는 보조 의자에 앉아 침상에 누워 있는 엄마를 물끄러미 바라봤다. 초췌하다. 얼굴이 몹시 상한 엄마를 보니 마음이 아릿하고 아파 왔다. 한참 후,

"엄마, 괜찮아?"

나는 입을 열고 엄마를 향해 물었다.

"넌?"

엄마가 되레 반문한다. 나는 잠시 생각에 잠겼다. 치료는 계속했지만 엄마는 호전될 기미를 보이지 않았다. 평소 쓸데없는 소리를 많이 한다고 핀잔을 줬던 모든 일들이 머릿속에 스크랩처럼 떠올랐다. 내가 결혼한 다음 모처럼 우리 집에 온 엄마는 시어머니와 할 말 못 할 말 가리지 않고 허심탄회하게 털어놓는 걸 나는 마뜩잖게 생각했다.

"할 얘기가 따로 있지 그런 얘길 뭐 하러 해. 쪽팔리게."

"웃자고 한 건데 그런 걸 왜 신경 써."

"엄만 생각이 너무 짧아. 앞으로 내가 당할 일은 생각 안 해? 이젠 편히 살긴 다 글렀어. 모두 엄마 때문이야."

"별소릴 다 듣겠다. 어릴 적 얘긴데 설마 그런 걸로 시집살이를 시킬까."

"엄마 같음 괜찮겠어? 항상 마음에 담아둘 텐데."

"걱정 마. 너희 시어머니는 그런 분 아닐 거야."

"휴우…."

나는 큰 숨을 내뱉는 걸로 마무리하고 말았지만 영 맘이 찝찝하고 편하질 않았다.

내가 그런 엄마의 이상한 기미를 느낀 건 오래전부터였다. 한 얘기 또 하고 반복하는 일을 나는 쉽게 이해하지 못했지만, 그때 이미 엄마의 병은 진행되고 있었던 것이다. 나이 들면 모두 그러려니 여기고 예사롭지 않게 넘겼던 것이 이제 와 후회막급일 뿐이다.

"약간의 병이 진행되고 있는 터라 좀 더 지켜봐야 할 거 같습니다. 초기인건 맞지만 대뇌 신경 세포의 손상으로 인해 지능이 저하한 건지는 치료를 지속해 봐야 알 일이니까요."

의사는 누누이 설명하며 엄마의 상태를 알려 줬지만 나는 잘 이해할 수 없었다.

"퇴행성 뇌 질환으로 알츠하이머병 초기 증상은 인지 기능의 악화가 점진적으로 천천히 진행되는 병이라서 환자의 실수에 대해 지나치게 지적하거나 부질없는 말싸움은 하지 않도록 조심하시고 질병으로 인한 실수라는 점을 이해하신다면 별문제 없을 겁니다. 그리고 또 한 가지 알츠하이머병을 유발하는 원인은 규명되지 않고 있으나 다만 유전인자들이 이 질환의 발병에서 일정한 역할을 담당한다는 점입니다. 몇몇 특이 유전자 이상 현상들이 이 질환의 발병에 관여할 수 있다는 말이기도 하지요. 이런 이상 현상 중 일부는 부모 중 한 사람의 유전자에 이상이 있을 때 유전될 수 있다는 말입니다. 알츠하이머병에 걸린 부모는 자녀들에게 비정상적인 유전자를 물려줄 확률이 50%나 됩니다. 이러한 자녀 중 약 절반가량은 65세가 되기도 전에 알츠하이머병에 걸린다는 것도 알아두셨으면 합니다."

나는 의사의 말을 들으며 몸이 으스스 떨렸다. 특히 유전된다는 말, 유독 내 뇌리를 강타하는 이 말은 오래도록 내 머릿속을 맴돌며 나를 여러 가지 생각에 잠기게 했다.

무거운 마음으로 병원을 나오는데 핸드폰이 울렸다.
"어디야?"
남편이었다.
"병원."
"나도 병원인데?"

"어디 아파요?"

"아니."

"한데 왜?"

"산부인과 병원."

"거긴 왜요?"

"의사를 만나 상의해 보려고."

"뭘?"

"알잖아. 먼젓번 얘기했는데 잊어버렸어? 아기 문제."

"그건 안 돼요. 전 아기 갖지 않을 거예요."

"그게 무슨 소리야? 왜 아기를 갖지 않겠다는 거야?"

"우린 아기를 낳으면 안 돼요."

"왜? 이유가 뭐야?"

"친정 엄마 시어머니 두 분 모두 치매 환자예요. 치매는 유전될 확률이 50%나 된다는 말을 의사로부터 들었어요. 그런데 어떻게 아기를 낳아요? 전 두려워요. 유전이라는 사실이."

"별 희한한 소리 다 듣겠네."

남편이 혀를 찼다.

"그래서 그게 무서워 아기를 갖지 않겠다는 거야?"

"우리 가족은 특별하잖아요. 의사가 틀린 말을 할 리

도 없고."

"그럼 후일 만약 당신이나 내가 치매에 걸리면 누가 돌봐 주고 간병해? 그건 생각 안 해 봤어?"

"서로 하면 되죠."

"쓸데없는 소리하지 마! 현실 가능한 얘길 해야지."

딸깍, 전화가 끊겼다. 나는 멍한 눈으로 한참 동안 핸드폰을 바라봤다.

집으로 들어서니 시어머니의 눈빛이 예사롭지 않다. 나는 몸을 움츠렸다. 또 무슨 트집을 잡으려고 저러실까 생각하니 정신이 아득해 왔다.

"어딜 갔다가 이제 오니?"

"말씀드리고 갔잖아요. 친정 엄마 병문안 간다고."

"언제 말했는데? 거짓말도 유분수지 시어미를 어찌 보고 안 한 말을 했다는 건지."

"어머님, 또 왜 이러세요. 저 피곤해요. 들어가 쉴게요."

나는 이렇게 말한 뒤 거침없이 욕실을 향해 몸을 감췄다. 욕실 밖에서 연신 시어머니의 투덜거림이 들려왔다. 나는 귀를 막았다. 그리고 샤워기를 세게 틀었다. 물소리 때문에 시어머니의 음성은 더 이상 들리지 않았다.

오늘도 전쟁이다. 날마다 겪는 일이다. 시어머니는 또

뭔가를 잃어버렸다고 아우성이다. 나는 짜증이 나 더 이상 견딜 수 없었다.

"또 왜 이러세요?"

"여기 둔 내 지갑이 없어졌어."

"잘 찾아보세요. 어디 깊이 두신 거 아녜요?"

"분명 문갑 위에 놔뒀는데 누가 손댄 게 확실해."

"제가 한번 찾아볼게요."

아무리 방안을 샅샅이 뒤져 봐도 없다. 시어머니는 후다닥 몸을 움직여 방 밖으로 뛰쳐나갔다. 그리고 조금 후,

"이것 봐라. 여기 있잖니."

"어디서 찾으셨어요?"

내 눈이 둥그레졌다.

"의뭉하긴. 네 방에 있던데 뭘 모른 척 해!"

"네에?"

"어디 한두 번이야. 방문을 걸어 잠가도 소용없고."

나는 전신에 맥이 빠졌다. 또 언제 내 방에 가져다 두시고 저러실까. 한숨이 절로 터져 나왔다.

"역시 손버릇은 고치기 어렵다니까."

"절 지금 도둑 취급하시는 거예요, 어머님?"

"남의 물건을 훔치면 도둑이지 뭐냐."

"어머님! 어머님과 제가 남이에요?"

"어쨌든 내 지갑을 훔쳐 네 방에 둔 건 사실 아니냐."

"그래도 그렇죠. 그리고 전 어머님 지갑 훔쳐 가지 않았어요. 왜 어머님 지갑이 제 방에 있었는지 그건 모르겠지만."

"그만둬라. 떠들어 봐야 좋을 거 하나도 없으니. 아비가 알면 뭐라고 하겠니. 창피한 줄 알아야지. 부끄럽지도 않니? 한두 번도 아니고."

나는 시어머니의 말에 너무도 기가 막혀 할 말을 잃었다. 더 이상 대꾸한들 무슨 소용이겠는가. 이미 시어머니는 내가 가져갔다고 단정을 짓고 모든 걸 떠넘기고 있는데. 나는 한숨을 한번 푹 쏟아 내고 시어머니의 방을 나왔다.

온몸에 기운이 쏙 빠졌다. 이젠 도무지 견딜 재간이 없다. 어떤 결단이든 내야만 할 거 같다. 나는 맘을 모질게 추스른 다음 남편이 퇴근해 돌아오길 기다렸다.

"얘기 좀 해요."

현관문이 열리고 모습을 드러내자마자 나는 숨을 씩씩거렸다. 남편은 말이 없다. 이미 모든 걸 감지하고 있기에 아마도 그런 거 같았다. 나는 더욱 화를 누를 수 없어 폭발하고 말았다.

"이젠 더 이상 못 참아요! 결판을 내든 해야지."

"어떤 결판?"

"당장 병원에 입원시켜야겠어요. 하루 이틀도 아니고 견딜 수가 없단 말이에요!"

"연세 드셔서 그러시는 걸 어쩌겠어. 당신이 참아야지."

"다른 건 다 참아도 도둑 취급하는 건 견딜 수 없다고요! 오늘은 지갑, 내일은 반지 목걸이, 다음 날은 속옷 정말 지겨워요."

나는 결국 울음보를 터뜨렸다. 남편은 그런 나를 얼마 동안 말없이 바라보고 있었다. 나는 말을 계속 이었다.

"대답해요. 당신 동의가 필요하니까. 어떤 말도 좋으니 좀 해 보라고요!"

내 필사적인 요구에 남편은 그때야 반응을 보였다.

"그럼 날더러 어쩌라는 거야? 어머니를 쫓아낼까?"

"그런 뜻이 아니잖아요. 억지 부리지 말고 해결책을 말해 봐요. 어떤 거라도 좋으니. 안 그러면 저 무슨 짓을 저지를지 몰라요."

"당신 맘대로 해! 난 아무 말도 하고 싶지 않으니!"

남편의 화는 극에 달했다. 적반하장도 유분수라는 생각에 나는 할 말을 잃고 멍한 눈으로 한참 동안 남편의 얼굴을 바라만 볼 뿐이었다.

그 뒤 매일 저녁 늦게 귀가하는 남편은 늘 만취된 상태였다. 그러므로 불화는 끝이 없었다. 시어머니는 날로 의심병이 심해졌고 허구한 날 뭐든 감추기에 여념이 없었다. 그리고 시어머니가 잃어버렸다는 물건들은 어찌 된 일인지 내 방 장롱 속 아니면 침대 밑 등에서 발견되곤 하는 것이었다. 필시 시어머니가 나를 음해하려고 하는 행동이라고 판단한 나는 속이 부글부글 끓었지만 참고 견디는 수밖엔 별다른 도리가 없었다. 벌써 몇 년째인가. 짜증 100프로. 스트레스가 쌓여만 간다. 거기에 친정 엄마까지 신경 써야 하니 정말이지 죽을 맛이다. 나는 모든 짜증을 남편을 향해 던질 수밖에 없었다. 또다시 남편을 향해 불만을 토로했다.

"이젠 더 이상 참을 수 없어요. 제가 집을 나가든 해야지."

"이혼이라도 하자는 거야? 맘대로 해! 나도 견디기 어려워. 여기도 저기도 모두 정신 이상자뿐이니."

"어떻게 그런 말을?"

내가 입을 딱 벌렸다. 남편은 화를 참지 못하고 집을 나가 버렸다. 난 어쩌라고. 갑자기 베란다 창문 너머로 보이는 하늘이 음울하게 나를 덮쳐 왔다

 왠지 머릿속이 텅 빈 거 같다. 텔레비전 화면이 마구 흔들린다. 점점 회색으로 변하더니 이내 검은색으로 또다시 하얀색으로 약간의 붉은색도 섞여 있다. 눈앞이 어른거리고 뒷골이 당긴다. 나는 어지럼증을 감당할 수 없어 뒤로 몸을 눕혔다. 정신이 아득하다. 증상은 오래도록 계속됐다. 나는 두 눈을 질끈 감고 아무 생각도 하지 않으려 애를 썼다. 시어머니가 아까부터 두런거리며 내 주변을 서성였지만 나는 도무지 대꾸할 기력조차 없었다. 아마도 시어머니는 내 못된 성격에 문제가 있다고 생각하는 거 같았다.
"차라리 내가 상전을 모시고 사는 게 낫지. 걸핏하면 입 다물고."
'그런 거 아니에요, 어머님.' 하고 싶지만, 말이 입안에서 뱅뱅 돈다. 이미 내 혀는 말려 소리를 낼 수 없는 지경이었다. 머리에서 식은땀이 주르륵 미끄러져 내렸다. 나는 그때야 간신히 몸을 일으켜 시어머니를 뒤로하고 내 방

으로 들어갔다. 여전히 정신이 몽롱하고 몸이 휘청거린다. 나는 풀썩 침대에 몸을 눕히고 그대로 잠이 들어 버렸다.

 다음 날, 병원에 가서 진찰을 받았지만 정확한 병명은 나오질 않았다. 다만 의사는 신경에 문제가 있는 거 같다며 처방약으로 신경 안정제를 먹으라고 권했다. 나는 열심히 약을 복용했다. 그러나 차도는 전혀 없었다. 또 병원을 찾았다.
"스트레스 받는 일이 있나요?"
 의사는 조용한 눈으로 나를 바라봤다.
"네."
"음. 심각하진 않지만 각별히 조심하셔야 할 거 같습니다. 오래 쌓이면 고질병이 되기도 하니까요. 될 수 있으면 마음을 편하게 가지시고 신경을 쓰지 않도록 노력해 보세요. 모든 일 한 박자 늦추시면 될 겁니다."
 의사는 말을 끝내고 빙그레 웃었다. 나는 그 웃음의 의미가 '고급병이거든요.' 하는 걸로 생각돼 입가에 씁쓸한 미소를 머금었다.
"알겠습니다."

가볍게 대답하고 일어서 진료실을 나오며 나는 마음 한편에 도사리고 있는 진실한 생각을 슬쩍 아쉬움으로 돌아봤다. 생각 같아선 가슴을 확 터놓고 좀 더 솔직하게 얘기하고 정확한 진단을 받고 싶다는 간절함이 가슴 끝에 묻어났기 때문이었다. 하지만 나는 조금 망설이다 이내 고개를 흔들고 얼른 병원을 뒤로했다.

  병원을 다녀온 며칠 뒤, 나는 멍한 상태로 가끔 조금 전 했던 일을 깜박 잊곤 하는 일이 빈번해졌다. 분명 뭘 해야겠다고 생각했는데 돌아서면 잊어버리는 기억의 저편, 도무지 떠오르지 않는다. 아무리 머리를 흔들고 애를 써도 망각의 상태는 지속됐다. 정신을 가다듬고 다시금 되돌아보기도 하고 기억을 더듬어 뭘 하려고 했지? 고개를 갸웃해 봐도 여전히 그대로다. 걱정이 앞섰다. 아직 젊은 나이에 기억력이 저하된다는 것은 아무래도 문제가 있어 보인다. 방금 들고 있던 행주를 어디에다 뒀더라? 어제는 어떤 일을 했고 내일은 뭘 하려고 했던가. 어쩌다 떠오르는 생각도 있었지만 극히 일부분일 뿐이었다. 나는 내 자신의 기억력이 불안하고 조바심이 났지만 혹시 식구 중 누구라도 눈치챌까 봐 더욱 노심초사했다. 만약 그랬단 완전 정신 이상자로 낙인이 찍힐지도 모를 노릇이다. 시어머니는 더욱 나를 의심하며 힘들게 할 것이 분명한 일이고. 나는 이런 생각을 하자 진저리가 쳐졌다. 그런고로 더욱 감추고 의연한 척 모든 행동을 조심 또 조심했다. 그러나 이미 내 앞에 놓인 운명은 그런 것과는 전혀 무관한 현실만이 펼쳐져 있을 따름이었다.

안으로 굽는 팔

 여전히 시어머니와의 갈등은 매일 전쟁의 연속이었다. 아무리 뒤집어 좋은 쪽으로 생각해 보려 해도 끝이 보이질 않는다. 그렇다고 친정 엄마처럼 병원에 모실 수도 없다. 남편은 병원 얘기만 꺼내도 신경질적인 반응을 보였다.

 "젊은 날부터 홀로 나를 키운 어머니야. 그럴 바엔 차라리 내가 직장을 그만두고 돌볼 테니 당신은 신경 꺼."

 미치고 환장할 일이다. 도대체 대화 자체가 되질 않는다. 이럴 땐 어떡해야 할까. 고민과 근심이 한꺼번에 나를 에워싼다. 불가능한 일인 줄 알면서도 나는 지겨운 생각에 멈출 수 없었다.

 "당신도 인정하잖아요. 정신에 문제가 있다는 거. 그렇다면 하루라도 빨리 치료를 해야죠. 그게 우선 아니겠어요? 일단 병원에 계시면 간병인을 둬 돌보게 하고 우린 가끔 찾아뵈면 될 거고."

"이제야 본심이 나오는군. 그러니까 결론은 어머니가 귀찮아서 병원에 입원시키려는 거 아냐?"

남편이 거친 숨을 뱉어 냈다. 나는 갑자기 말문이 막혀 어떤 말도 더 이상 입 밖으로 꺼낼 수가 없었다. 스트레스가 또 쌓인다. 나는 밤새 엎치락뒤치락 잠을 설쳤다. 머리가 터질 듯 아팠다.

생각다 못해 시누이에게 전화를 걸었다.

"올케, 웬일이우? 어머니라도 돌아가셨우?"

뼈있는 말을 던지며 시누이는 깔깔 웃었다.

"미안해요, 고모. 바쁘게 살다 보니 전화도 못 드리고."

"농담이야, 올케. 암튼 어머니 모시고 사느라 고생이지? 노인네 성격이 워낙 까다로워 힘들 거야. 그건 인정."

"고모, 전화를 드린 건 다름이 아니고 언제 한번 와 주실 수 있겠어요? 의논하고 싶은 게 있는데."

"그러지, 뭐. 노인네도 볼 겸. 낼모레 당장 갈게."

"고마워요, 고모."

"뭘. 내가 가끔 찾아가야 하는데 이날 저 날 미루다 보니 잘 안 되네."

"그럼 기다릴게요."

"알았어."

나는 핸드폰 뚜껑을 닫으며 긴 숨을 내뿜었다. 방법이 없다. 시누이라도 만나 문제를 해결하도록 노력해 봐야지. 친정 엄마만 병원에 계시지 않아도 그런대로 견뎌 보련만 지금으로선 도무지 헤쳐 나갈 여력이 없다. 암튼 며칠 후 외국에 사는 동생도 엄마를 보러 온다니 그땐 어떤 해결책이 나오겠지. 나는 이렇듯 스스로를 다독이며 눈가에 쓴웃음을 머금었다.

며칠 후, 약속대로 시누이가 왔다. 그런 시누이가 시어머니 방으로 들어간 지 한참이 지났다. 나를 배제한 단둘만의 대화가 뭔지는 모르겠지만 나는 약간 섭섭한 마음이 들었다. 내가 들어서는 안 될 얘기라도 한단 말인가. 투덜거리며 나는 식사 준비를 서둘렀다. 모처럼 온 시누이에게 한 끼나마 정성껏 대접하고 싶은 마음에서였다.

"식사하세요!"

내 목소리에 시누이가 먼저 시어머니의 방에서 나왔다.

"어머님은요?"

"안 드신대."

"왜요?"

"속이 안 좋으신가 봐. 내가 몇 마디 했더니만 또 심통 나신 거겠지, 뭐."

"제가 가 볼까요?"

"나둬. 노인네 성격 몰라? 한번 아니면 안 된다는 거."

"그래도."

내가 근심스러운 표정으로 입술을 달막였다. 시누이는 아무렇지도 않다는 듯 그때야 식탁에 몸을 앉히며

"뭘 이렇게 많이 차렸어. 간단히 먹으면 될걸. 와, 이건 뭐야? 맛있게 보이네."

하며 유별스럽게 호들갑을 떨었다.

"모처럼 오셨잖아요. 변변찮지만 많이 드세요."

"진수성찬인데, 뭘."

시누이가 얼굴에 함박웃음을 지었다. 나는 그때야 시누이와 마주 앉았다.

"올케, 올케가 참아. 얘기를 나눠 보니 올케 말대로 어머니가 좀 이상한 거 같아. 자꾸 말도 안 되는 소릴 하시고."

"무슨 말씀을 하셨는데요?"

내가 의아한 눈빛을 날렸다.

"글쎄, 정확히 알 수는 없지만 암튼 횡설수설하시는 걸로 봐 제정신이 아닌 게 분명해 보여."

시누이가 눈꼬리를 낮추고 고개를 살래살래 내둘렀다.

"고모 생각도 그렇죠? 평소 앞뒤가 맞지 않는 얘길 많이 하신다니까요. 정말 미치겠어요."

내가 맞장구를 치며 호흡을 가쁘게 몰아쉬었다.

"그래도 어쩌겠어, 올케가 참아야지. 정신이 이상하다고 부모가 아닐 순 없잖아. 그렇다고 버릴 수도 없고."

"버리긴 어떻게 버려요. 집에서 기르는 애완동물도 함부로 버리지 못하는데 하물며 부모를 버린다는 게 어디 말이 되는 소리예요."

"그렇지? 한데 뭘 자꾸 잃어버렸다고 하시는 거야?"

"잃어버렸다고 하시는 게 아니고 저더러 훔쳐 갔다고 하시니 문제죠."

"뭐?"

시누이가 깔깔 소리 내며 웃었다.

"웃지 마세요. 전 심각해요. 하루 이틀도 아니고 날마다 그러시니 견디기 힘들다고요."

"그럼 올케가 도둑이야?"

"그런 셈이죠."

"재밌네. 상황이."

"휴…."

깊은 한숨이 내 입에서 터져 나왔다.

"뭘 훔쳐 갔다는 건데? 주로?"

"지갑, 옷, 반지, 등 헤아릴 수도 없어요."

"식구끼리 참 문제네. 병원엔 모시고 가 봤어?"

"아뇨."

"왜? 그 정도면 모시고 가 진찰을 받아 봐야 하는 거 아냐?"

"극구 안 가시겠다는데 억지로 할 수는 없잖아요. 몇 번이고 말씀드렸지만 그럴 때면 정신병자 취급한다고 얼마나 화를 내시는지 무서워서 당최 말도 꺼내지 못해요."

"맙소사. 그렇다고 내버려 둘 순 없잖아. 어떻게든 모시고 가 확실한 병명을 알고 치료를 해야지."

"그렇긴 하지만."

내가 입술을 오므렸다.

"올케가 어렵다면 동생이라도 해야 하지 않아? 수수방관 내버려 두면 어쩌자는 거야."

"참으면 된다는 거죠. 요즘은 말 꺼내기 무섭게 화부터 내요. 아마도 인정하고 싶지 않은 모양 같아요. 물론 제 일방적인 생각이지만."

"안 되겠어. 쇠뿔도 단김에 뺀다고 이왕 내가 왔으니 지금 당장 모시고 가야겠어. 나도 계속 찜찜한 게 싫으니까."

"그러실래요?"

나는 내심 반가운 마음에 얼른 의자에서 몸을 일으켰다.

"빨리 준비해. 설거지는 다녀와서 하고."

"네."

서둘렀다. 나는 마음이 조급하고 들떠 숨이 가빠 왔다.

시어머니의 방으로 들어간 시누이와 시어머니의 목소리가 격하게 들려왔다. 아마도 시어머니가 완강히 거부하는 모양이었다. 나는 숨을 죽이고 잠시 귀를 기울였다.

"안 간다고 했잖아! 누굴 정신병자로 아나."

"고집부리지 말고 가세요. 어머니도 올케한테 억울한 소리 듣는 거 싫잖아."

아웅다웅 말씨름은 계속됐다. 한데 조금 후 나는 고개를 갸우뚱했다. 시누이와 시어머니의 말이 방 밖으로 새어 나왔기 때문이었다.

"올케가 손버릇이 있나 봐. 내가 엄마 말을 더 믿지, 올케 말을 믿겠어?"

"널 주려고 아껴 뒀던 건데."

순간 나는 경악을 금치 못했다. 입을 딱 벌리고 눈망울을 굴리는 내 표정은 악마를 본 인간의 모습, 바로 그것일 것만 같았다. 팔은 안으로 굽는다고 했던가. 나는 일순 배신감에 치를 떨었다. 앞에서는 이 말 하고 뒤에서는 딴말하고. 나는 계속 더욱 바짝 귀를 기울이고 시누이와 시어머니의 말에 촉각을 세웠다. 또 들린다. 나는 가슴을 움켜쥐었다. 심장이 곧 멎을 것만 같다. 머리가 쭈뼛 신경이 곤두섰다.

"어머니가 참아. 요즘 며느리들 다 그렇지, 뭐. 애먼 소리 좀 들으면 어때. 며느리가 해 주는 밥 먹으려면 참는 수밖에 더 있어?"

"그래도 어지간해야지. 이건 해도 너무하니 그렇지."

"그럼 아주 혼쭐을 내 주든지. 다시는 그런 버릇 못하게. 어설프게 건들면 무슨 소용, 집구석만 시끄럽지. 원래부터 손버릇이 있었나? 어디를 봐도 올케가 그런 사람은 아닌 거 같은데."

"겉으로 봐 알 수 있남. 당해 보지 않은 사람은 전부 그렇게 얘기할 걸. 네 동생도 설마 하고 내 말을 믿지 않는데."

"그래? 그렇담 심각하네."

"언젠가 사부인이 우리 집에 온 적이 있었지. 그때 얘길 들었어. 어릴 적에 남의 물건을 훔쳤다나 뭐라나. 사부인도 말 도중에 아차 싶었는지 웃자고 한 소리였다며 금방 얼굴빛이 변하더라고. 농담이라고 극구 부인하며. 하긴 정신이 온전하지 못하니 몇 개월째 병원에 입원해 있겠지만. 그때도 좀 이상했거든. 한 말 또 하고 하지 않아야 할 말도 습벅습벅하고 했으니까."

"그랬어? 몰랐네. 그렇담 도벽이 있는 거 아냐, 올케?"

"그런지도 모르지. 어릴 적 버릇이 어디 가겠어. 자신도 모르게 훔치는 건 고칠 수 없는 병이야."

"큰일이네. 병원에 데리고 가 봐야 하는 거 아냐? 아직 젊은 나이에 빨리 고쳐야 할 텐데."

"그뿐인 줄 알아?"

"그럼 뭐가 또 있어?"

"차마 입에 담기조차 민망한 일이라서 내가 말을 못할 뿐이지."

"나한테 말 못 할 게 뭐 있어, 모녀지간에. 빨리해 봐."

"그것까진 알 거 없어. 내 입이 더러워질 거 같아 하고 싶지 않으니."

"뭐야? 차라리 말을 꺼내지 말든지. 사람 궁금하게스리."

"한데 오히려 나를 정신병자 취급하니, 원."

"어쨌든 동생과 상의해 봐야겠네."

"그러든지."

 나는 아찔한 머리를 감당할 길 없어 휘청휘청 몸을 움직였다. 도대체 세상이 거꾸로 돌아가는 것만 같다. 과연 누가 정상일까? 치매 환자가 바라보는 세상과 정상인이 바라보는 세상은 다른 것일까? 마음 같아서는 당장 뛰어 들어가 소리라도 지르고 싶었지만 차마 그럴 수 없었다. 만약 그랬단 무슨 꼴을 당할지 모른다. 내 모든 것들취내기라도 한다면 그땐 어떡할 건가. 정말 끝이 될 수밖에 더 있겠는가. 참아야 한다. 나는 입술을 깨물고 돌아섰다. 다리가 후들후들 떨린다. 온몸이 경련을 일으켰다. 억울함이 가슴 끝에서 요동치며 소리를 냈다. 나는 곧바로 현관을 빠져나와 아파트 뒤편 한구석으로 갔다. 그리고 쭈그리고 앉아 엉엉 소리 내 울었다. 가슴 한편이 찢어질 듯 아팠다. 우르릉 꽝! 하늘에서 금방 천둥 번개가 내리칠 것만 같았다. 온 세상이 어둠으로 덮여 영원히 사라져 버렸으면 좋겠다는 생각을 했다. 하지만 현실은 내 맘과 뜻대로 되지 않았다. 그것은 오직 내 소망일 뿐이었으니까. 나는 잠시 후 손바닥으로 눈물을 닦아 내고 일어서 다시금 집 안으로 들어섰다. 그런 다음 아무 일도 없었던 거처럼 행동했다. 시누이도 시어머니도 나와 똑같은 모습을 보였다. 나는 어느 순간 인간의 이중성에 치가 떨렸다.

"올케, 어쩔 수 없을 거 같아. 노인네 고집을 꺾을 도리가 없네. 힘들더라도 올케가 참고 살아야지 어쩌겠어. 별수가 없는걸."

흔연하게 절대로 아무 흉도 보지 않았다는 듯 웃음 띤 얼굴로 말하는 시누이, 나는 다시 한 번 몸에 경련이 일었다. 시간이 조금 흐른 후, 나는 눈꼬리를 낮추고 곰곰이 생각해 봤다. 뭘까? 시어머니가 입이 더러워질 거 같아 하고 싶지 않다는 얘기는. 순간 문득 계부가 떠올랐다. 설마 그것까지 시어머니가 알고 있는 건 아니겠지. 나는 얼른 머리를 흔들어 지워 버리려 애썼다. 그럴 리가 없다. 설마 엄마가 거기까지야 말했겠는가. 내 노파심일 뿐이겠지. 나는 스스로를 달래며 잠깐 뇌리에 머무는 기억을 털어 버렸다. 기억하기조차 싫은 지난 일이다. 더럽고 불결한 옛 기억, 다시는 떠올리고 싶지 않은 일이었지만 나는 언젠가 엄마에게 이 부분에 관해 물은 적이 있었다.

"엄마, 대체 시어머니한테 어디까지 얘기했어? 무슨 말을 한 거냐고!"

"내가 무슨 말을 했다고 생사람을 잡아?"

엄마가 눈망울을 굴렸다.

"정말 돌아 버리겠네."

나는 한숨이 절로 터져 나왔다. 그래서 다음 말을 이었다.

"그 자식 얘기했어?"

"누구?"

"누군 누구야. 그 자식이 또 있어."

"말버릇하곤."

"더할 수도 있어. 못할 게 없지. 그런 개자식한테."

나는 흥분한 나머지 핏대를 올리고 엄마를 향해 거친 말을 쏟아 냈다. 엄마는 표정을 굳히고 더 이상 아무 대꾸도 하지 않았다. 나는 스스로 포기하고 입을 다물었다. 그러나 마음속은 그때나 지금이나 마찬가지로 부글

부글 끓었다. 도대체 나에 대해 어디까지 안다는 거야? 대들고 따지면 결국 시어머니의 입에서 무슨 말이 튀어나올지 알 수가 없다. 나는 이렇게 생각하고 고개를 흔들었다. 불안함을 억제하고 싶어서였다. 도둑이 제 발 저린다고 했던가. 그래서 죄짓고는 발 뻗고 잘 수 없나 보다. 맘이 무겁다. 그리고 두렵다. 나는 결국 시누이가 아무런 해결도 하지 못한 채 돌아간 후 머리를 세차게 한번 흔들고 집을 나와 무작정 발걸음을 옮겼다. 엄마가 입원해 있는 병원이었다.

황금반지

 엄마는 여전히 정신이 온전하지 못했다. 어느 때는 정상인처럼 말하고 행동했지만 가끔 전혀 다른 사람처럼 변하기도 했으니까. 나는 암담한 심정으로 침상에 누워 잠들어 있는 엄마의 얼굴을 한참 동안 물끄러미 바라봤다. 무슨 말을 해야 할까. 원망한다고 모든 일이 원점으로 돌아가겠는가. 갑자기 내 두 눈에 뜨거운 눈물이 고였다. 그리고 금방 볼을 타고 주르륵 미끄러져 내렸다. 가슴이 온통 찢어지는 느낌이었다. 나는 어느 순간 입술을 달막여 혼잣말을 했다.

 "엄마, 왜 그런 얘길 했어. 시어머니는 그걸 머리에 넣고 나를 색안경을 쓰고 바라보는데. 난 어떡하라고."

 병실 창밖엔 하얀 눈이 내리고 있었다. 맑고 깨끗한 눈발이었다. 나는 겨울로 들어선 길목을 잊고 살았다. 그만큼 내 마음은 혼란스럽고 고통의 연속이었던 탓이다.

 병원을 나와 집으로 향하는데 머리가 어지럽다. 나는 잠시 어느 상가 모퉁이 벽에 몸을 기대고 두 눈을 질끈 감았다. 순간 지난 기억이 뇌리를 스쳐 지난다. 황금반지, 노란빛을 띤 반지를 어디서 봤던가? 길에서 주웠다. 횡단보도를 건너는데 우연히 내 눈에 들어왔다. 나는 얼른 몸을 구부려 주운 다음 주먹을 꽉 움켜쥐었다. 가슴이 몹시 뛰었다. 주변을 둘러볼 겨를도 없이 신호등이 빨간색으로 바뀌었다. 나는 정신없이 발걸음을 옮겼다. 두근거리는 가슴은 여전히 계속됐다. 반지가 쥐어진 주먹을 펼 엄두조차 나질 않았다. 무작정 앞만 보고 걸었다. 어느새 집 앞이다. 나는 그때야 주먹을 폈다. 노란색 금반지가 그대로 있었다. 집 안으로 들어서는 동시에 급히 엄마에게로 달려갔다. 그리고 손바닥을 펼쳐 보였다. 당당하고 우쭐한 심정이었다. 엄마의 두 눈이 황망히 커졌다. 나는 심호흡을 멈추지 않았다. 엄마의 숨소리도 거칠게 들려왔다.

"이게 뭐야?"

"금반지."

"어디서 났어?"

"길에서 주웠어."

"정말이야?"

엄마가 눈망울을 굴렸다.

"정말이지, 그럼. 내가 거짓말할까 봐."

내 목소리엔 힘이 들어가 있었다.

"눈도 밝네. 어쩌다 네 눈에 띠었담."

 엄마는 무척 기분 좋은 표정으로 내 손에서 반지를 받아 든 다음 보고 또 살펴봤다. 나도 덩달아 흐뭇한 심정이 돼 연신 웃음을 흘렸다.

 그 뒤 나는 엄마의 기분 좋은 표정을 잊을 수가 없다. 어떻게 하면 엄마를 기쁘게 해줄까 전전긍긍 고민하기까지 했다. 그러던 어느 날, 친구 민지가 자기 집에 놀러 가자고 막무가내 내 손목을 잡아 끌었다. 썩 내키지는 않았지만 나는 마지못해 민지를 따라갔다. 내가 민지네 집에 가지 않으려 했던 것은 너무도 부잣집이라는 소문이 나 있는 터라 괜스레 위축되고 자존심이 상할까 봐 겁을 냈던 때문이었다. 하지만 그동안 너무도 친하게 지냈던 민지였기에 모처럼의 부탁을 모질게 뿌리칠 수 없어 순순히 응했던 것이다. 역시 민지네 집은 부잣집이 맞았다. 대문 입구부터 현관 그리고 내부는 내가 생전 처음 접하는 고급품들로 장식돼 있었다. 나는 눈을 두리번거리며 한참 동안 둘러보기에 여념이 없었다. 민지가 옷을 갈아입는다며 방안으로 모습을 감췄을 때 문득 문갑 위에 놓인 반지, 반짝반짝 빛나는 황금색이 내 눈을 끌어당겼다 나는 순간 호흡을 멈추고 잠시 망설이다 얼른 집어 호주머니에 넣고 말았다. 엄마의 얼굴이 얼핏얼핏 내 눈앞을 스쳐 지났다. 환하게 웃는 모습을 다시 한 번 보고 싶었다. 그래서 요즘은 날마다 땅바닥만 보고 걸었다. 혹시 행여 하는 마음으로 엄청난 기대를 했지만 그런 행운은 두 번 다시 나에게 주어지지 않았다. 나는 뛰는 가슴을 움켜쥔 채 민지의 집을 나와 우리 집을 향했다. 마음속은 무겁고 발걸음은 유난히 더디었다.

"또?"
엄마의 눈빛이 예사롭지 않다.
"그렇다니까, 엄마. 난 황금 복이 있나 봐."
"거짓말."
아무리 호들갑을 떨어도 엄마는 전번처럼 쉽게 믿어 주

지 않았다.

"바른대로 말해. 안 그러면 맞아 죽을 줄 알아."

"참말이라고. 믿어줘, 엄마."

나는 애원하며 엄마에게 매달렸지만 엄마는 냉정하게 나를 밀어냈다.

"가자. 경찰서에 가져다 주고 진의를 가려야지. 전번 거까지도."

"진짜라니까. 왜 내 말을 못 믿는 거야, 엄마?"

나는 엄마가 내 말을 믿게 하려고 안간힘을 썼다. 그러나 엄마는 단호했다.

"잔소리 말고 따라와."

"싫어!"

나는 소리쳤다. 경찰서라는 말 자체가 무서웠던 때문이었다. 그때 엄마가 풀이 죽은 목소리로 말했다.

"모두 내 잘못이야. 기쁘게 받는 게 아니었는데."

엄마는 갑자기 슬픈 표정을 지으며 뭔가 깊은 생각 속으로 빠져드는 듯싶었다. 나는 가슴이 두근거리고 느닷없이 몰려오는 두려움 때문에 그만 털썩 자리에 주저앉고 말았다. 엄마가 슬피 울었다. 깊은 자책감에 엄마는 더할 수 없이 가슴이 아프다고 말했다.

"욕심이 지나치면 화를 부른다고 했건만 내가 자식을 도둑으로 만들었어. 모두 내 탓이야. 그러니 엄마가 잡혀가야지. 자식 잘못 가르친 어미 죄가 더 크니까."

"아냐, 엄마. 제가 잘못했어요. 사실대로 말할 테니 용서해 주세요. 전번엔 진짜 길에서 주웠고 이번엔 민지네 집에서 말없이 가져온 거예요."

찰싹! 엄마의 한 손이 내 뺨에 거칠게 와닿았다. 나는 끽소리도 내지 못한 채 그대로 엎드려 있었다.

"그게 도둑질이라는 걸 왜 몰라. 아무리 초등학생이라지만 생각이 그렇게 없어?"

"엄마, 다시는 안 그럴게요. 난 엄마가 기뻐하는 모습을 보고 싶었어요. 오로지 그 생각뿐이었으니까."

"그러니까 내가 죄인이지."

"아녜요, 엄마."

"암튼 내가 민지 엄마를 만나 빌 테니 그리 알아."

엄마가 등을 보였다. 나는 너무도 암담해 앞이 캄캄할 뿐이었다. 이젠 학교를 어찌 다닐 것인가. 소문은 무섭게 퍼져 나가 나를 도둑으로 몰아넣을 텐데, 두려움과 떨림이 계속 나를 엄습해 왔다. 하지만 그 뒤 엄마가 어떻게 일 처리를 했는지 모든 건 없었던 거처럼 잠잠하게 가라

앉아 버렸다. 그러나 내 가슴 한편에 악몽처럼 박혀 있는 그 사건은 나이를 들어감에 따라 가끔씩 떠오르며 도저히 잊히지 않는 기억으로 나를 괴롭히기 일쑤였다. 악몽은 거기서 그치지 않았다. 세월이 흘러도 기억은 멈추지 않고 나를 흔들어 댔다. 황금빛 물건을 보면 괜스레 가슴이 두근거리고 나도 모르게 발동하는 두려움 때문에 안절부절 어딘가 감춰 두기 급급했다. 그리고 그것은 곧 잊혀지는 결과를 가져오기도 하는 것이었다. 이유는 알 수 없었다. 뇌에 변화가 있을 거라는 예단 말고는.

"환자분께서 방금 운명하셨습니다!"

하얀 눈발이 곱게 흩날리는 어느 날, 나는 간병인으로부터 엄마가 숨을 거뒀다는 비보를 전해 들었다. 가슴이 뭉클 뭔가 와르르 무너져 내리는 느낌이었다. 언젠가 한번은 맞아야 할 죽음, 모든 동식물은 그렇듯 한세상을 살다 이승을 떠나는 것이다. 누군들 거부하고 뿌리칠 수 있을까. 그러므로 살아 숨 쉬는 동안 서로 사랑하고 아끼고 보듬어 안아야만 되지 않겠는가. 미워하고 원망하고 가슴속에 앙금을 남겨둔다면 결국 자멸하는 결과를 안게 될 것이다. 나는 한없는 생각 속에서 휘청거리는 몸을 가까스로 움직여 아파트 지하 주차장으로 갔다. 자동차 운전석에 앉아 시동을 거는데 손이 부들부들 떨렸다. 다행히 핸들은 내가 원하는 대로 방향이 조절됐다. 눈앞이 부연하다. 병원을 향하는 길목은 한산했지만, 나는 마음이 급한 탓인지 속도를 60에서 70, 80으로 올려도 느리기만 한 거 같았다. 점점 속도를 높였다. 자동차는 미끄러지듯 앞을 향해 내달렸다. 드디어 병원에 도착 즉시 나는 달리듯 영안실을 향했다. 하얀 시트를 덮은 엄마가 누워 있다. 윗부분을 들추니 얼굴색이 창백하다. 인생의 마지막 길, 한 줌 흙으로 돌아가는 순간이었다. 아무것도 쥔 거 없이 단 한 푼 가지고 갈 수 없는 저승길 아니던가. 엄마는 그렇게 세상을 떠났다. 살아생전 부질없는 욕심으로 온갖 욕망을 끌어안고 살았던 엄마, 이젠 편히 눈감고 또 다른 세상에선 행복만 누리기를 나는 마음속으로 간절히 소망했다. 잘 가, 엄마. 이승에서 맺었던 인연 전부 끊어 내고. 아마 그곳에선 다시 이어지지 않을지도 몰라. 각자 다른 길을 걸어야 할 테니까. 나는 통곡 대신 눈물을 펑펑 쏟아 냈다. 그 뒤 형식에 가까운 장례 절차는 모두 돈이 해결해 줬다. 뒤늦게 소식을 듣고 달려온 남편은 기꺼이 앞장서 사위 노릇을 했다.

나는 쓸쓸한 얼굴로 시간과의 싸움에서 이겨 냈다. 그것은 살아 있는 자의 특권인지도 몰랐다.

 엄마의 죽음, 그것은 엄마에게 있어서는 이승과의 이별이겠지만 나에게는 저승으로 보내는 아픔이었다. 그동안 병실을 찾을 때마다 이렇게 살 바엔 차라리 하루속히 이승을 떠나라고 마음속으로 뇌까렸던 모든 일들이 내 가슴 한편을 마치 송곳으로 찌르듯 후벼 팠다. 아픔은 그것으로 그치지 않고 두고두고 기억 속에 남아 영원히 나를 괴롭힐 것만 같았다. 살아 숨 쉬는 그날까지 나는 고통의 바다를 헤매게 될는지도 알 수 없는 일이었다. 정신이 말짱하니까, 생각과 사고가 온전하다고 자부하니까. 아마도 반드시 내 생각은 맞을 거라고 나는 확신하고 있었다. 스멀스멀 머릿속을 채워오는 친정 엄마의 병상 생활, 간병인을 괴롭히며 침상에 대소변을 보고 또 그것을 주물럭거리며 고함치던 모습이 단 한순간도 뇌리를 떠나지 않는다.
"이년들이 내 똥을 더럽다고 피해? 너희들 먹는 게 전부 똥인데 왜 똥이 더러워? 네년들은 똥보다 더 더러워! 가진 거 없다고 사람을 우습게 여기고 무시하고 맨날 뒷구멍으로 흉이나 보고. 에이, 몹쓸 년들!"

　엄마의 가슴에 담긴 한은 가난이라는 두 글자가 아니었을까, 하는 생각이 문득 내 뇌리를 강타한다. 얼마나 가슴에 피멍이 들었을까. 어느 날 아빠가 나와 엄마 곁을 떠나버리고 난 후 엄마는 한동안 먹고살기 위해 불철주야 이리 뛰고 저리 뛰었다. 때로는 밤잠을 설치며 인형 눈알을 박는 데 전념했고 끼니조차도 굶기 일쑤였다. 그때는 정녕 몰랐다. 엄마가 얼마나 돈에 매달렸는지. 밤새 색깔이 다른 지폐 몇 장과 오백 원짜리와 백 원짜리 동전을 바라보며, '저게 뭔데 사람을 좌지우지하는지 몰라.' 하며 고개를 흔들던 엄마의 모습이 새삼 머릿속을 헤집고 밀려 나온다. 엄마가 죽기 아님 살기로 매달렸던 돈은 결국 하루하루 생활비로 고스란히 쓰였다. 아무리 무더워도 아이스크림 한 개 사 먹지 않았다는 엄마, 난 그런 엄마에게 무엇을 해 줬던가. 은혜나 보답은커녕 원망과 갈등 그리고 가슴에 대못만 박아 준 셈이다. 어릴 적 엄마는 거침없이 내가 싼 대소변을 치웠을 테지만 나는 단 한 번의 똥을 치우면서도 상을 찌푸리고 신경질을 냈다는 사실이 더욱 죄책감으로 다가온다. 물론 그 뒤는 간병인이 모든 걸 해결했지만 그럴 때도 나는 저만큼 물러나 코를 막고 오만상을 찌푸렸다. 더럽다. 똥 냄새가 진동하는 병실에 잠시도 머물고 싶지 않았다. 나는 잔뜩 들고 간 음료수와 반찬 등을 얼른 간병인의 손에 쥐어 주고 도망치듯 병실을 벗어나곤 했다. 후회가 밀려온다. 나는 엄마가 세상을 떠난 뒤 이런 기억들로 몇 날 며칠 가슴을 두드리며 아파했다.

 오후 늦은 시간 소파에 앉아 많은 생각 속에 잠겨 있는데 뜻밖에 시누이로부터 전화가 왔다. 나는 가슴이 몹시 뛰었다. 핸드폰 저 건너편에서 시누이의 목소리가 들려오자, 나는 은연중 몸이 와들와들 떨렸다. 하지만 침착하게 목소리를 냈다.
 "웬일이세요?"
 "웬일은. 내가 언제는 전화 안 했어. 요즘은 좀 어때?"
 "뭐가요?"
 나는 묻는 의중을 알면서도 짐짓 모른 척 되물었다.
 "뭐긴. 어머니 말이야. 더 심해진 건 아니지?"
 "글쎄요. 제가 알 수 있나요."
 "무슨 소리야? 올케가 모르면 누가 알아?"
 "전 이제 맘 전부 비웠어요. 이제부터 물 흐르는 거처럼 살려고요."

"그래? 생각 잘했어. 그럼 맘 편치 뭘. 노인네 성격 그러려니 하고 살아. 치매기가 있어 그러는 걸 어쩌겠어."

"정말 절 생각해서 하시는 말씀이세요?"

순간 나는 시누이의 천연덕스러운 말에 한마디 묻지 않을 수 없었다.

"당연하지. 내가 누구 편이겠어. 올케를 위해 하는 소리지."

시누이의 다음 말에 나는 인내심을 발휘해 참으려고 했지만 내 의지대로 잘되지 않았다. 그래서 가슴에 담아 뒀던 말을 쏟아 냈다.

"고모, 서운하네요. 전 고모를 많이 믿었는데 어떻게 그럴 수가 있어요? 저 그날 고모가 어머님과 나누는 대화 전부 들었어요. 빤히 어머님 증상을 아시면서 어머님이 별 얘기를 하시더라도 고모는 그러시면 안 되는 거 아녜요? 설혹 그 모든 게 사실이라 하더라도 모두 어릴 적 얘기예요. 어떤 입장이 되더라도 고모만은 덮어 주고 감싸 줄 걸로 알았는데 실망이 크네요. 앞으로 아무리 어려워도 다시는 부탁드리지 않을 겁니다."

시누이가 놀란 듯 잠시 말을 끊더니 금방 다시 목소리

를 냈다.

"연을 끊겠다는 거야?"

"그런 건 아니지만 제 마음속 믿음은 지우려고요."

"됐고, 앞으론 무슨 일 있어도 전화하지 마. 나도 안 할 거니까. 별것도 아닌 걸 가지고 사람 무안하게 만드네."

"고모는 별거 아닌지 모르지만 전 심각해요."

"그래서 어쩌자는 거야? 사실 없었던 일도 아니잖아. 사부인이 거짓말을 하지 않았다면."

"듣고 보니 고모 말이 맞네요. 제 생각이 짧았어요. 미처 거기까진 생각 못했으니."

"지금 시비 거는 거야? 아님 끊고 담에 얘기해."

시누이가 당황한 듯 호흡을 거칠게 내뿜었다. 나는 은근히 고소하다는 생각이 들었다. 그래서 얼른 말을 쏟아 놓았다.

"그러죠. 하지만 두 번 다시 어머님 일로 연락드리지 않을 테니 걱정하지 마세요."

마음 같아서는 더 쓴 소리를 하고 싶었지만 나는 꾹 참았다. 한 박자 늦추자 아니 반 박자라도. 그러면 내가 이기는 거다. 나는 전화를 끊기 전까지 마음속으로 연신 주문을 외듯 중얼거렸다.

아직도 분함을 떨쳐 내지 못하고 내내 숨을 씩씩거리고 있는데 마침 퇴근한 남편이 집으로 들어선다. 나는 대뜸 남편 앞으로 다가가 그동안 시누이와의 사이에 있었던 일과 조금 전 나눴던 얘기를 항의하듯 쏟아 냈다.

"어떻게 그럴 수가 있어요, 시누이란 사람이? 나는 믿고 기댔던 건데 그토록 이중성격일 줄이야."

"그럴만한 사정이 있었겠지. 누님이 그럴 사람 아니라는 거 당신이 더 잘 알잖아."

"그러니까 더 괘씸하죠."

"당신이 이해해."

"전 이해 못 해요! 용서도 못하고."

"그럼 어쩌겠다는 거야? 의절이라도 하겠다는 말이야?"

"못할 것도 없죠. 어차피 전 혼자인 걸."

"쓸데없는 소리 하지 마. 피는 쉽게 끊어 낼 수 없는 거야."

"모두들 별거 아니라고 생각하지만 전 아니에요. 하루하루 피가 마르는 심정 정말이지 죽고 싶을 따름이에요."

"알아, 당신 마음. 하지만 어쩌겠어. 이럴 수도 저럴 수도 없는 내 심정도 좀 이해해 줬으면 해. 말을 하지 않아서 그렇지 나도 당신한테 많이 미안해. 나를 봐서 당신이 좀 더 참고 견뎌 줘. 부탁이야, 여보."

 남편의 진심 어린 말에 나는 더 이상 어떤 말도 할 수 없었다. 측은하기까지 해 보이는 남편의 얼굴을 바라보며 나는 큰 숨을 들이쉬는 걸로 일단 매듭지었다.

 그 며칠 후, 남편이 중재 역할을 했는지 그건 모를 일이었지만 절대로 하지 않을 거 같던 시누이가 먼저 전화를 했다. 나는 핸드폰을 들고 여러 번 심호흡을 했다. 금방 시누이의 목소리가 핸드폰 저편에서 들려왔다.

 "올케, 오해하지 마. 난 단지 어머니를 달래기 위해 한 소리니."

 시누이는 이렇듯 사과했지만 내 마음속 서운함은 쉽게 지워지지 않았다. 뭔가 해결해 보려고 시누이를 불러들인 게 오히려 화근이 되고 말았기에 더욱 심경이 복잡했다.

 "당신도 그렇게 생각해요? 나한테 문제가 있다고?"

 엉뚱한 곳으로 또 불똥이 튀었다. 갑작스러운 내 물음에 남편은 피식 웃고 말았다. 하지만 나는 그 뒤부터 가족 모두가 색안경을 쓰고 나를 바라보는 거 같아 불쾌하고 견딜 수 없는 모멸감마저 느끼게 됐다. 점점 시어머니와의 관계가 서먹하게 멀어졌고 남편마저도 의심의 눈초리로 쳐다보는 것만 같았다. 작은 실수라도 하거나 혹은 물건이 제자리에 없을 때 나를 먼저 바라보는 시선들이 죽고 싶을 만큼 싫었다. 나는 차츰 위축돼 스스로 가족을 기피하는 현상을 보이며 어느 때는 혼자 조용히 있는 것을 편하게 여기는 우울증에 시달려야만 했다. 외롭고 소외된 기분, 그것은 벗어날 수 없는 나만의 공간이었다. 그러다 보니 시어머니의 눈동자는 언제나 "도둑년!" 하는 거처럼 보였고, 남편의 미소는 비웃음처럼 느껴져 나를 더욱 옥죄었다. 아아, 머리를 뒤흔들어도 소용없다. 이미 불신이 자리한 그곳에는 오직 서로에 대한 원망만 더해질 뿐이었다.

오해와 진실

 거리를 거닐며 나는 생각했다. 치매란 뭘까. 기억을 상실하는 것, 그렇다면 기억의 상실은 왜 오는 걸까. 바로 뇌 손상에서 비롯되는 것 아닐까? 한데 자세히 생각해 보니 참 이상한 점이 있다. 아프고 괴로운 기억은 자꾸 떠오르고 선명하게 기억되는데 좋은 기억은 별로 생각나지 않는다. 그리고 또 하나 방금 전 일과 다음에 뭘 해야겠다고 생각한 건 잊어버리기 일쑤다. 그건 엄밀히 따져 보면 과거와 미래에 대한 기억일 수도 있다. 방금 전 일은 과거고 다음은 미래이기 때문이다. 나는 이런 생각 속에서 연신 눈망울을 굴렸다. 아직도 아리송하고 헷갈리는 일이 아닐 수 없다. 그러므로 분명하게 정리해 보면 지금의 현재는 곧 미래의 과거가 된다. 기억해야 하는 것도 하지 못하는 것도 모두 과거다. 미래에 있어 현재는 과거가 되고 미래엔 그 현재를 기억하게 되는 것이다. 정녕 그렇다면 기억을 의식 속에 잘 떠오르게 하려면 무엇을 어떻게 해야 할까? 많은 생각이 내 머릿속을 헤집고 밀려 나왔다. 하지만 결론은 쉽게 내릴 수 없었다. 다만 내일은 또 오늘을 기억하거나 혹은 잊어버리겠지. 미래는 현재가 되고 현재는 과거가 되고 그렇게 흘러가는 탓에.

어디쯤일까? 문득 지난 과거의 일이 굼실굼실 머릿속을 채워 온다. 나는 갑자기 등허리에 식은땀이 흘렀다. 잊을 만하면 엄마가 들먹이던 사건의 한 부분이다. 과거에 있었던 일, 이미 지워졌다고 생각했는데 아닌가 보다. 걸핏하면 떠오른다. 잊고 싶은데 떠올리기 싫은데 왜 자꾸 과거의 기억은 나를 괴롭히는 걸까. 미래에도 과거는 현재의 기억으로 머물며 나를 떠나지 않을 것만 같다. 영원한 악몽으로 끊임없이 쫓아다닐 과거, 현재의 과거와 미래의 과거인 오늘 이 시간, 역시 끝은 없는 모양이다. 나는 이런 생각과 함께 내 머릿속을 채우고 있는 얼마 전의 사건을 들여다봤다. 어느 날, 시어머니 방을 청소하려고 들어갔을 때 문득 눈에 들어오는 것이 있었다. 황금빛 반지다. 나는 아무런 생각 없이 반지를 집어 들었다. 그리고 손가락에 끼었다. 딱 맞다. 거울에 비춰 봤다. 예쁘다. 이리저리 손목을 돌리는 순간, 정신이 아득하다. 눈을 질끈 감았다. 어지럼증은 계속됐다. 휘청거리는 몸을 똑바로 할 수 없었다. 그 자리에 그대로 주저앉았다. 그 뒤는 아무것도 알 수 없었다. 한참 뒤, 정신을 차리고 눈을 떠보니 시어머니의 싸늘한 눈초리가 내 손가락에 멎어 있었다. 나는 기겁을 하고 몸을 일으켰다. 꼼짝없이 도둑이 되고 말았지만 할 말이 없었다. 무슨 말인가 해야겠는데 입 안에서 맴돌 뿐이었다.

"빨리 빼."

"어머님, 오해세요. 그냥 한번 끼어 본 건데 정신을 잃는 바람에."

"변명 따위는 듣고 싶지 않아. 잃어버리지 않았으니 다행이지."

역시 시어머니는 나를 의심하는 게 분명해 보였다. 나는 큰 숨을 들이쉬며 고개를 흔들었다.

"당신, 왜 그랬어?"

남편이 묻는다. 나는 여전히 할 말을 찾지 못했다.

"어머니 땜에 힘들어하면서 그런 짓을 왜 해. 또 얼마 동안 골치 아프게 생겼군."

"당신도 저를 의심하는 거예요? 예뻐서 그냥 한번 끼어 본 거라고 몇 번을 말해야 해요?"

"누가 뭐래? 지레 변명할 필요가 뭐 있어. 있는 그대로 잘못을 인정하면 되지."

"됐어요! 생각은 자유니까 맘대로 해요!"

나는 소리를 버럭 지르고 남편을 뒤로했다. 그때였다.

"뭘 잘했다고 큰소리야!"

언제 듣고 있었는지 시어머니가 불쑥 나섰다. 나는 너무도 어이가 없어 할 말을 또 한 번 잃었다. 모든 것이 암담하다. 마치 독 안에 든 쥐가 빠져나갈 구멍을 찾지 못하는 심정일 뿐이었다. 비실비실 몸을 움직여 내 방으로 들어갔다. 옷가지가 널브러져 있다. 나는 그냥 밟고 지났다. 그리고 침대 위에 벌렁 누웠다. 만사가 귀찮고 염증 난다. 방 밖에서는 연신 시어머니의 투덜거림이 들려왔다. 나는 양손으로 귀를 틀어막았다. 이제 시어머니의 목소리는 더 이상 들리지 않았다.

그 뒤 며칠이 지났지만 여전히 내 머릿속은 엉망이었다. 무엇을 어디서부터 어떻게 수습하고 정리해야 할지 엄두조차 나질 않는다. 마음 같아서는 당장 시어머니를 병원에 모시고 가 검사라도 받아 보고 싶지만 그럴 수도 없다. 남편이 쉽게 허락하지도 응해 주지도 않을 것이 분명하기 때문이다. 하지만 하루하루가 정말 지겹다. 오늘도 시어머니는 나를 의심하는 눈초리로 바라보며 일거수일투족을 감시한다. 엊그제 있었던 일 땜에 더욱 그런 거 같다. 또 뭘 잃어버렸다고 생트집을 잡을 것인지 이젠 차라리 궁금해진다. 먼저 입을 뗐다. 머릿속의 복잡함을 털어내기 위해서였다.

"어머님, 왜 그러세요?"

연신 거실 전체를 두리번거리던 시어머니의 눈길이 이내 나를 향한다. 나는 움찔 몸을 사렸다.

"몰라서 물어?"

"뭘요?"

"앙큼하긴. 뻔히 알면서도 시치미 뚝 떼고 하는 짓이란."

또 시작이다. 나는 전신에 맥이 빠졌다. 더 이상 대꾸하기 싫지만 그랬단 집안이 시끄러울 판이다. 일시적이나마 분란을 막기 위해 나는 계속 시어머니와 말씨름을 했다.

"이제 그만하세요, 어머님. 애먼 소리도 한두 번이지 맨날 하시면 되겠어요. 저 이젠 지쳐 어머님과 싸우기 싫어요."
"그러니까 누가 훔쳐 가래. 남도 아닌 시애미 걸."
"뭘 또 잃어버리셨는데요?"
내가 눈망울을 굴렸다. 일부러 하는 트릭이었다.
"저기 놔둔 반지가 없어졌잖아."
시어머니가 문갑을 가리키며 숨을 씩씩거렸다.
"참, 어머님도. 어머님 손가락에 낀 반지는 뭐예요?"
"이거 말고."
시어머니는 얼른 손을 허리 뒤로 감췄다. 민망한 건지 아차 싶은 건지 그건 잘 모를 일이었다.

가물가물 정신이 흐려진다. 시어머니 땜에 신경을 너무 쓴 탓이다. 나는 앉았던 소파에서 몸을 일으키며 비틀거렸다. 얼마나 많은 시간 어찌 생각하면 짧지도 길지도 않은 시간이지만 정신적 고통을 겪었던가. 벌써 몇 년이 지났다. 그러나 여전히 끝은 보이질 않는다. 오늘도 시어머니는 저만큼 앉아 나를 매서운 눈초리로 바라본다. TV 화면에 눈을 두고 있던 나는 더 이상 시어머니의 눈길을 감당할 길 없어 일단 피하고 볼 심산이었다. 그러나 시어머니는 그런 나를 그냥 두지 않고 계속 주변을 서성이며 괴롭힌다. 질리고 짜증나는 일상이다. 하긴 어디 하루 이틀이던가. 꾹 참고 묵묵히 내방으로 들어섰다. 뒷덜미가 묵직했다. 따가운 시선이 아직도 내 등 뒤에 머문다. 뭣 때문일까. 시어머니는 언젠가부터 나를 의심하기 시작했다. 이유는 잘 알 수 없었다. 다만 내 생각으론 시어머니의 이상한 증상, 바로 치매기가 있고부터 아닌가 싶다. 물론 일방적이긴 했지만 나는 분명하다는 확신을 갖고 시어머니를 바라봤고 시어머니는 오히려 나를 정신에 이상이 있다며 늘 색안경을 쓰고 바라보는 듯싶었다.

"어머님, 제발 이젠 그만하세요. 저 많이 피곤하고 지쳐요."

견디다 못해 한마디 하면 말은 꼬리를 문다.

"내가 뭘 어쨌는데? 나를 정신병자 취급하는 건 바로 너야. 걸핏하면 서방한테 고자질하고 어제 일만 해도 그래. 내가 언제 네 방에 내 옷을 가져다 놨다고 애먼 소릴 해. 내가 뭣 땜에. 말이 되는 소릴 해야 그런가 보다 하고 넘어가지. 또 그걸로 좀 다퉜다고 금방 서방한테 미주알고주알 지껄일 건 뭐람. 나도 억울하고 분해서 견디기 힘들다는 걸 알아야지. 나이 들었다고 배알도 없을까."

"알았으니 그만 좀 하시라고요!"

나는 더 이상 말씨름하고 싶지 않아 목소리를 높이고 양손으로 귀를 막았다.

"옳은 소리는 듣기 싫은 법이지."

 시어머니는 그때야 눈을 흘기며 방안으로 몸을 감췄다. 징글징글하다. 방안에서 연신 시어머니의 두런거림이 들려온다. 아아, 이 전쟁의 끝은 어딜까. 나는 한숨을 내쉬며 다시 소파에 털썩 몸을 앉혔다. 온몸의 맥이 쭉 빠졌다. 순간 참 이상하다는 생각이 들었다. 왜 시어머니는 당신의 옷을 가끔 내 방에 가져다 놓는 걸까. 그리고 다시 가지러 오는 건 또 뭐람. 필시 나를 도둑으로 몰려는 시어머니의 의도가 있는 게 분명하다. 나는 이렇게 결론짓고 시어머니의 방 쪽을 깊은 눈으로 응시했다. 정말 못된 시어머니다. 드러내 놓고 표현할 수는 없지만 나는 매번 속으로 했던 생각을 다시금 마음속에서 끄집어냈다. 서운하다. 며느리도 자식인데 꼭 그렇게까지 못살게 굴어야 속이 시원한 건지 참으로 알다가도 모를 일이다. 박박 대들 수 없어 어느 땐 하소연하고자 남편에게 얘기하는 날엔 영락없이 고자질쟁이가 돼 더욱 궁지에 몰리곤 한다. 남편이 참고 삭여주면 좋으련만 나름 거들어 준다는 요량으로 시어머니의 기분을 상하게 하는 경우가 더러 있기에 내 입장은 더욱 곤란해지곤 했던 것이다.

"지가 내 옷을 가져가곤 누굴 모함해?"

시어머니가 두 눈을 부릅뜨고 나를 몰아칠 때면 나는 끽소리 못 하고 기가 죽어 몸을 움츠리곤 했다.

나는 주섬주섬 시어머니의 옷을 챙겨 다시 시어머니의 방에 가져다 놓는다. 그럴 때면 영락없는 도둑이 된 거 같아 몹시 맘이 무겁고 심란했다. 그 뒤 나는 자주 방문을 걸어 잠갔다. 하지만 시어머니는 당신을 도둑 취급한다고 노발대발 난리를 피운다. 이럴 수도 저럴 수도 없는 상황에서 나는 스스로 포기하고 제자리에 서곤 했다. 그것이 가장 편한 방법이라는 판단을 했기 때문이었다. 오늘도 어느 틈에 시어머니는 옷가지를 내 방에 가져다 놓았다. 한숨이 절로 나왔지만 나는 여느 때처럼 다시 옷가지를 챙겨 시어머니 방에 휙 던져뒀다. 이젠 제대로 정리해 주고 싶은 생각은 털끝만큼도 없었다. 그것이 화근이 돼 또 시어머니는 생트집을 잡는다. 염증나는 일상이 아닐 수 없다. 머리가 지끈지끈 아팠다. 참는 데도 한계가 있다는 마음이 들었다. 언제까지? 이제 60대인 시어머니의 죽음을 기다릴 수만도 없는 일이다. 그렇다고 내가 죽을 수도 없는 일이고. 결국 끝은 없다. 나는 이런 결론을 내리고 머리를 뒤흔들었다. 그때였다. 시어머니가 뭔가를 또 찾고 있는 듯 보인다. 신경이 날카롭게 곤두섰다.

"또 왜 그러세요, 어머님?"

눈꼬리를 올리고 나는 시어머니를 향해 평소와 다른 목소리를 냈다.

"참 이상하네. 여기 있던 게 어디로 갔지?"

"그게 뭔데요?"

"분명 여기다 뒀는데."

시어머니가 고개를 갸웃하며 연신 혼잣말을 했다. 나는 신경질이 팍 나 도저히 참을 수 없었다. 그래서

"글쎄, 그게 뭐냐고요!"

하고 목소리 톤을 높여 냅다 소리를 질렀다.

"아유, 깜짝. 너 왜 소리는 지르고 그래?"

시어머니가 놀란 듯 눈을 크게 뜨고 나를 바라봤다. 나는 개의치 않고 계속 목소리를 높였다.

"말씀해 보세요! 뭘 또 잃어버리셨는지!"

"누가 잃어버렸다고 했니? 제자리에 없으니 찾는 걸 가지고 괜한 짜증은 부리고 그래."

시어머니는 다소 누그러진 목소리로 나를 향해 눈을

흘긴 다음 모습을 감춰 갔다. 나는 큰 숨을 내뿜고 소파에 깊숙이 몸을 묻었다. 마음이 휑하니 비어 버린 느낌이었다.

 역시 뒷감당은 남편의 몫이었다. 나는 남편이 집으로 들어서자마자 또다시 짜증을 부렸다. 마음을 풀 길은 그 방법 밖엔 없었다. 그러지 않고는 내 마음 안에 쌓이는 불만을 털어 낼 길이 없었던 이유에서였다. 분명 의사도 그랬다. 마음에 쌓아 두지 말고 그때그때 쏟아 내라고. 나는 이 생각과 함께 대뜸 남편을 향해 목소리를 냈다.

 "언제까지 방관만 할 거예요? 난 병들어도 괜찮다는 얘긴가요? 뭐라고 말 좀 해 봐요. 진짜 사람 미치는 꼴 보려고 그런다면 모를까 이젠 어떤 결단이든 내야 하지 않겠어요? 절더러 이대로 살라고는 하지 말아요. 이렇게는 절대로 살 수 없으니. 더 이상 못 참는다고요!"

 "그럼 날더러 어쩌라는 거야? 나도 괴롭고 힘들어. 어머니께 얘기해도 소용없고. 참 미치겠네."

 남편이 뒷머리를 북북 긁었다. 나는 숨을 씩씩거리며 계속 따져 물었다. 그러나 결과는 빤했다. 나는 남편과 백날 얘기해 봐야 소용없다는 걸 잘 알면서도 그렇게라도 하지 않으면 정말 병이 날 거 같아 멈추지 않았는지도 모른다. 나는 끝내 울음보를 터뜨리고 말았다. 그러므로 내가 바라는 끝은 바랄 수 없게 됐다.

  무작정 발길을 옮겼다. 홧김에 집을 나와 내디딘 발길이었다. 인파가 붐비는 거리를 한참 동안 걷다 지하도 계단을 밟고 내려갔다. 아직 옷깃을 여미게 하는 추위를 피하기 위해서였다. 나는 유독 찬바람이 싫었다. 지난날의 기억이 되살아 날 것만 같은 순간순간이 나를 움츠러들게 만드는지도 알 수 없었다. 암튼 나는 이유야 어쨌든 추위도 싫었고 배고픔도 싫었다. 거기에 폭력은 말할 나위도 없었다. 악몽의 순간을 떠올릴 때면 아직도 몸 어느 곳이 아프고 저리는 것만 같다. 그뿐만이 아니었다. 나는 때로 머리를 흔드는 버릇이 있었다. 생각을 지우고 싶을 때, 기억을 떠올리고 싶지 않을 때, 비 맞은 개처럼 온몸을 털며 떨기도 했으니까. 지하상가를 지나는데 유독 눈길을 끄는 물건이 있다. 진열대 위에 놓인 옷, 알록달록한 색깔의 옷이 내 맘을 설레게 했다. 유심히 훑어보니 그 옛날 친구 민지가 입었던 원피스와 엇비슷한 옷이 눈에 띈다. 나는 순간 가슴이 뛰었다. 당장 상가 안으로 들어가 값을 지불하고 사도 되련만 나는 그 생각에 앞서 소유하고 싶다는 욕심만 마음 안에 가득 찼다. 얼른 손을 뻗어 집어 든 다음 무작정 뒤돌아섰다. 그때 내 뒷덜미를 낚아채는 손길 그리고 들려오는 목소리,

"옷을 그냥 가져가면 어떡해요? 값을 주셔야지!"

순간 나는 정신이 번뜩 들었다. 고개를 돌려 보니 주인처럼 보이는 여자가 인상을 찌푸리고 있었다. 그때야 나는 지금 내가 무슨 짓을 했지? 하는 생각으로 아차 싶었다. 나를 바라보는 여자의 눈빛이 마치 '도둑년!' 하는 거 같다. 창피함이 일순 내 뇌리를 덮쳤다.

"아, 죄송해요. 깜박했네요. 얼마죠?"

나는 그때야 제정신으로 돌아와 이렇듯 물었다. 여자가 고개를 갸웃하며 눈꼬리를 낮췄다. '젊은 사람이 정신이 어떻게 된 거 아냐?' 하는 표정이다. 나는 등허리에 식은땀이 흘렀다. 재빠르게 여자가 요구하는 돈을 건네주고 달리듯 여자의 눈을 벗어났다.

"미친년, 뭐 저런 게 다 있어."

여자의 목소리가 내 등 뒤에서 아련히 들려왔다. 더딘 발걸음이 아무리 내디뎌도 제자리걸음인 듯싶다. 화끈 얼굴이 달아오르고 가슴이 뛰어 숨도 제대로 쉴 수 없었다. 더욱이 그 순간 뇌리를 스치고 지나는 내 존재, 만약

남편이 경찰관이라는 걸 여자가 안다면 과연 뭐라고 할 것인가. 완전 정신병자라는 낙인이 찍히고 말겠지. 이 생각에 머물자 나는 온몸이 오싹 정신이 아득해 왔다. 눈을 질끈 감았다. 얼핏 시어머니의 얼굴이 감긴 눈 속을 스쳐 지난다. 손에 들려 있던 옷은 이미 저만큼 던져 버린 뒤였다. 어질어질한 머릿속을 도저히 정리할 수가 없다. 나는 그만 그 자리에 털썩 주저앉고 말았다. 정신이 또다시 아득하게 멀어지는 느낌이었다.

 시간이 얼마나 흘렀을까. 나는 간신히 정신을 가다듬고 일어서 발걸음을 내디뎠다. 어쩔 수 없이 집을 향하는 중이다. 어릴 적 생각이 문득 뇌리를 스친다. 몇 번이고 집을 나왔지만 갈 곳이 없어 되돌아갔던 그때의 일들이 파노라마처럼 눈앞을 어른거린다. 고통과 진저리 쳐지는 아픔이 나를 휘감고 아무리 발버둥쳐도 놔주지 않던 그 시간 그리고 순간들, 너무도 춥고 배가 고팠던 기억들이다. 나는 몸을 한번 으스스 떨고 모든 걸 떨쳐 내려 애를 썼다. 그러나 아픈 기억은 나를 더욱 깊은 골짜기로 한없이 몰고 들어갔다. 뭔가 소유하고 싶다. 어떤 것이든 전부 내 것으로 만들어 꼭꼭 숨겨 두고 싶다. 이것이 내 간절한 소망이다. 꼭 필요하거나 절실한 건 아니더라도 내 알 수 없는 욕심은 여전히 현재 진행형이었다. 정말 내 안에 잠재해 있는 도벽일까? 그런 다음 지워져 버리는 까닭은 뭘까. 나는 망각의 늪을 헤매는 이유를 알 수가 없었다. 아마도 어릴 적 매를 너무 많이 맞은 후유증일지도 모른다고 막연하게 짐작할 뿐이다. 개자식! 내 입에서 어느 순간 욕설이 튀어나왔다. 생각할수록 억울하다. 그때 그 시간 했어야 할 욕이었다. 그런데도 나는 세월 흘러 이제야 맘껏 하게 됐다. 그러니 억울할 수밖에. 잠을 잘 때도 가끔 식은땀을 흘리고 나도 모르게 잠결에 욕을 하곤 했다. 물론 나 자신은 알 수 없었지만 남편이 근심스러운 표정으로 얘기할 때면 나는 진저리를 치곤 했으니까.

아픈 기억

 집으로 돌아온 후, 나는 거실에서 사방을 두리번거렸다. 아무도 없다. 순간 나는 눈을 번득였다. 그런 다음 몸을 움직였다. 살금살금 시어머니의 방을 향하는 내 마음은 불안하기 그지없었다. 시어머니는 주방에 있는 거 같다. 달그락거리는 소리가 연달아 들려온다. 나는 숨을 죽이고 시어머니의 방으로 들어갔다. 그리고 뭔가를 찾았다. 없다. 눈망울을 굴리며 계속 방안을 서성였다. 맘이 몹시 불안하다. 금방이라도 시어머니기 뒷덜미를 낚아챌 것만 같다. 하지만 나는 멈추지 않았다. 조금 후, 닥치는 대로 집어 들고 내 방으로 왔다. 어디다 감출까? 망설임 끝에 나는 얼른 침대 밑에 밀어 넣었다. 아무도 모르겠지? 나는 눈망울을 굴렸다. 그리고 침대 위에 몸을 눕히고 곧바로 잠들어 버렸다. 그 뒤는 아무것도 기억나지 않았다. 평소 나는 내 이상 행동에 대해 극히 낙관적이었다. 별로 잘못한 게 없다. 아니 나 자신이 한 행동을 잘 알지 못한다. 금방 잊어버리는 건망증 아니면 몽유병? 그러니 알 턱이 없는 건 당연한 일이다. 다만 내가 궁금하게 여기는 건 황금빛 물건을 보면 괜스레 가슴이 뛰고 유혹을 뿌리칠 수 없다는 것과 옷과 먹을 것에 집착한다는 점이다. 더불어 언제 왜 가져다 놓았는지 도대체 모르겠다. 분명 나 자신은 절대로 그런 일이 없는 것만 같은데 시어머니는 자꾸 나를 의심하고 어느 때는 도둑으로 몰아붙이곤 한다. 참 해도 너무한다는 생각이 든다. 왜 뭣 땜에 내가 그런 짓을 하겠는가. 부유한 생활은 아니지만 남편의 월급만으로도 충분히 넉넉하다. 언제고 먹고 싶으면 먹고 입고 싶은 게 있으면 사 입으면 된다. 귀금속도 마찬가지다. 나는 평소 그다지 욕심내며 살진 않았다. 결혼식 때 받은 목걸이나 반지도 별로 목에 걸거나 손가락에 끼지 않는다. 거치적거려 늘 보석함에 넣어 두고 있는 정도다. 한데 도대체 왜 그런 짓을 하는 걸까. 그건 단 한 가지 이유밖에 없다. 오로지 시어머니 때문이다. 너무 못살게 구니 오기가 발동해 하는 행동

일 게 분명하다. 나도 모르게 내 마음 안에서 꿈틀거리는 반항심, 아마도 청소년 시절부터 쌓인 적대심이 아직도 나를 에워싸고 놔주지 않는지도 정녕 모를 일이다. 나는 이렇듯 결론짓고 때론 한숨을 거푸 쏟아 내기도 했다.

"이게 뭐야?"
 남편이 눈을 홉뜨고 묻는다.
"뭘요?"
 나는 되레 반문했다.
"여기 있는 옷, 이게 뭐냐고?"
 침대 밑에 있는 시어머니의 옷을 보고 남편이 놀란 모양이었다.
"모르겠는데요?"
 나는 오리발을 내밀었다.
"어머니가 미워도 그렇지 왜 이런 짓을 하는 거야."
"제가 뭘 어쨌는데요? 전 모르는 일이에요."
"모르는 옷이 왜 여기 있어?"
"그걸 제가 어떻게 알아요."
 여전히 나는 시치미를 뗐다.
"참나. 괜한 의심을 왜 자초하는 건지 모르겠네."

남편이 고개를 흔들며 입술을 쭉쭉 빨았다. 나는 그때야 입을 열고 대꾸했다.

"얄미워서 그래요. 어차피 가져가지 않아도 도둑 취급하시는데 실제로 하고 당하는 게 덜 억울할 거 같아서."

"아무리 그렇더라도 그럼 되겠어. 정말 도둑으로 몰리면 어쩌려고."

걱정스러운 투로 말하는 남편을 향해 나는 고개를 내두르며 당당하게 표정을 굳혔다. 이젠 더 이상 참지 않겠다는 내 단호한 선언 같은 것이었다.

"앞으론 계속 그럴 거예요. 이래도 저래도 마찬가지라면 하는 쪽이 나을 거 같아서. 그래야 공평하지 않겠어요?"

"것 봐라. 내 뭐라던. 그토록 강력히 얘기해도 믿지 않더니 이젠 할 말 없지?"

그때였다. 시어머니가 불쑥 모습을 드러내고 하는 말이었다. 나는 너무 놀라 입을 딱 벌리고 멍한 눈길로 시어머니와 남편을 번갈아 바라봤다.

"얼마나 무서운 애인지 이젠 알겠지? 그동안 내가 억울했던 걸 생각하면 치가 떨린다."

나는 할 말을 잃었다. 남편은 기가 죽어 고개조차 들지 못하는 입장인 듯싶었다. 시어머니는 눈가에 의미 있는 웃음을 머금고 나에게 시선을 고정하고 있었다. 나는 시어머니의 웃음이 '도둑년, 꼬리가 길면 잡히게 돼 있다는 거 몰랐니?' 하는 것만 같아 가슴이 시리도록 떨렸다.

"아녜요, 어머님. 전 절대로 도둑질하지 않아요. 어머님이 색안경을 쓰고 보시는 거라고요. 전 그 점이 억울해서 한 거고요."

나는 가까스로 입을 열고 시어머니를 향해 혼잣말처럼 중얼거렸다. 그때 남편의 격한 목소리가 내 두 귀로 흘러들었다. 나는 깜짝 놀라 남편에게로 눈을 돌렸다.

"그만해! 그냥 당신이 잘못했다고 하면 될 걸 가지고 뭘 구차하게 변명을 늘어놓는 거야."

"왜 제가 그래야 해요? 뭘 잘못했다고?"

나도 지지 않고 대꾸했다.

"그럼 계속 시끄럽게 할 거야? 아무 영양가도 없는 문제를 가지고?"

"당신은 쉽고 간단한 일인지 모르지만 전 아녜요!"

"어머니와 끝까지 싸우고 따져 뭘 하겠다는 거야? 그래서 좋은 게 뭐 있다고."

"진실은 가려야 할 거 아녜요. 저도 억울해서 그러는 거예요. 저만 나쁜 사람 만들지 말라고요!"

 나는 말을 끝내고 후다닥 몸을 돌려 자리를 떴다. 그리고 곧바로 현관문을 밀치고 밖으로 나와 버렸다.

 가자. 끝을 향해. 무작정 집 밖으로 나와 거리를 걸었다. 머릿속이 또다시 복잡하게 얽혀 갔다.
 "당신이 조금만 참으면 되잖아! 별것도 아닌 걸 가지고 밤낮없이 시끄럽게 하고. 에이, 짜증 나."
 상을 찌푸리며 하던 남편의 말, 별것도 아닌 것. 나는 갑자기 이 생각에 머물자 명치끝이 아파 왔다. 제삼자는 그렇겠지. 당사자의 심정을 알 까닭이 없을 테니! 나는 아랫입술을 지그시 깨물었다. 어디 어머니랑 한번 살아보시지. 그래도 그런 말이 나오나! 나는 남편이 못마땅해 연신 마음속으로 투덜댔다. 도대체 말이 먹혀들지 않는다. 조금만 넓은 마음으로 헤아린다면 쉽게 풀어갈 수도 있는 문제라고 보는데 왜 그리 생각이 짧은지 알 수가 없다. 나에 대한 선입견 때문일까? 지난날이라는 과거가 발목을 잡고 있는 건 혹여 아닐까. 나는 일순 오만 가지 생각을 뇌리 속에서 버무려 봤다. 두렵다. 현재도 앞으로 남은 삶도. 한 발 한 발 내딛는 발걸음이 무겁기 한량없다. 머리도 정신도 몸도 모두모두 버거울 뿐이다. 또 다른 생각이 연이어진다. 도저히 내 의지대로 멈출 수 없는 지난 기억이다. 나는 어느 지점에서 발길을 잠시 멈추고 두 눈을 지그시 감았다.

  결혼을 앞두고 엄청난 반대에 부딪혔기에 나는 걱정을 많이 했지만 내 생각과 달리 막상 결혼을 한 다음 얼마 동안 시어머니와 나의 관계는 원만했다. 물론 시어머니가 모든 걸 포기하고 마음을 내려놨기에 가능한 일이었는지도 모를 일이었다. 시어머니가 만족할 수 없을 만큼 보잘것없는 집안에서 며느리를 데려왔지만, 사실 시댁도 그리 넉넉한 집이 아니었기에 별로 기죽을 일도 없었고 가족도 단출해 늘 웃음이 서로에게 만족감을 안겨 주곤 했다.

  집 안 곳곳엔 내 것 네 것 없는 옷 귀금속 따위가 놓여 있었고 시어머니도 특별히 신경 쓰는 거 같지 않았다.

"어머님, 귀금속을 아무 곳에나 두시면 안 돼요. 깊이 넣어 두시든 아님 몸에 지니고 계셔야지."

"집 안인데 무슨 걱정. 식구들밖에 없는걸."

"암튼 잘 간수하세요. 혹시 누가 또 알아요. 도둑이 들어올지."

"별소리 다 한다. 재수 없게 시리."

"노파심이죠. 그럴 수도 있다는."

"걱정하지 마라. 여태껏 그런 일은 없었으니."

"그래도."

나는 곧바로 입술을 오므렸지만 마음 한편엔 묘한 근심이 깔려 있었다.

내 걱정은 얼마 되지 않아 곧 현실로 다가왔다. 모처럼 딸네 집을 찾아온 친정 엄마가 시어머니와 이런저런 얘기를 주고받으며 웃음꽃을 피우고 돌아간 다음부터 시어머니의 표정이 달라지기 시작했다. 괜한 트집을 잡고, 사사건건 문제를 삼고, 뭐든 네 것 내 것 가리며 챙기는 것이었다. 나는 의아했지만 그것이 평소 시어머니의 성격이려니 여기고 무덤덤하게 넘겼다. 하지만 시어머니의 날카로운 신경은 날이 갈수록 심해졌고, 결국 고부간의 갈등으로 끝내 서로의 가슴에 상처를 주는 일까지 서슴없이 하고 말았다. 왜일까? 무엇이 시어머니의 마음에 불신을 심어 준 걸까? 의구심에 머리를 흔들던 중 불현듯 떠오르는 엄마의 모습이 선명하게 눈앞에 아른거렸다. 순간 몸이 으스스 떨렸다. 잠시 현실을 망각하고 엄마는 시어머니에게 무슨 말을 한 걸까. 너무도 앞뒤 재지 않는 엄마의 성격을 잘 알고 있는 나로서는 걱정하지 않을 수 없었다.

"엄마, 시어머니와 무슨 얘길 나눴어?"

"별거 아냐. 그저 살아가는 얘기지, 뭐."

"그랬구나."

"네 흉봤을까 봐?"

"아니. 그런 건 아니지만 혹시 내 어릴 적 얘길 하지 않았나 싶어."

"그런 얘길 왜 해. 무슨 자랑거리라고."

"그렇지, 엄마? 드러내 놓고 나눌 얘기는 아닐 거 같아. 창피하기도 하고."

"창피하긴. 사람 사는 게 다 그렇지 누구라고 별수 있을까. 하기야 팔자 좋아 평생 기복 없이 잘 사는 사람도 많지만."

엄마가 한숨을 내쉬었다.

"엄마 말마따나 팔자겠지, 뭐."

"그렇긴 하지만."

엄마는 두 눈을 지그시 감고 지난날을 생각하는지 한

참 동안 말이 없었다. 나는 괜스레 맘이 짠했다. 그래서 얼른 입을 열고 말했다.

"엄마, 이젠 전부 털어 버리고 아무 생각도 하지 마. 모두 지난 일인데 돌아보면 뭘 해."

"너한테 미안해서 그렇지. 그땐 어미가 제정신이 아니었던 모양이야. 왜 그리 모질게 했을까, 후회도 들고."

엄마가 눈시울을 닦아 냈다. 나는 또다시 마음 한구석이 아릿해 좀 더 밝은 음성으로 다음 말을 이었다.

"난 이미 머릿속에서 지워 버렸어. 다행히 집 나간 뒤 경찰인 남편을 만났잖아. 그걸로 퉁 쳤어. 새삼 돌아보기도 싫고 엄마도 좋은 사위 봤으니 됐고. 안 그래?"

"내 말은 그게 아냐. 남자한테 빠져 자식이 눈에 안 들어왔다는 점이지. 그땐 왜 그랬을까? 내가 정말 미쳤었나 봐."

"자책하지 말라니까. 과거를 들먹여 뭐 하려고? 그땐 엄마도 어쩔 수 없었겠지. 내가 결혼해 남편과 살아 보니 엄마 마음 조금은 이해가 돼. 나도 남편이 아니면 시어머니와 왜 살겠어? 서로 남남인걸. 좋을 때는 괜찮지만 싫을 때는 정을 주기 어렵다는 걸 깨달았어. 엄마, 이제부터 과거 따위 훌훌 털어 버리고 새로운 삶 살아가자, 응?"

"알았어. 고맙고 미안할 따름이지. 죽이고 싶을 만큼 원망스러울 텐데 조금도 티 내지 않고 돌봐 주니."

"됐어, 엄마. 나도 어릴 적엔 모진 맘 먹은 적 있어. 성장하면 뒤돌아보지 않고 인연을 끊어 버리겠다고. 하지만 피는 어쩔 수 없나 봐. 미움 같은 건 전부 묻히고 오로지 안쓰러움만 가슴을 파고드는 걸 보면."

"그래도 잊히기야 하겠니. 가끔 떠오르며 마음을 괴롭히겠지. 난 그런 생각 할 때마다 제정신이 싫어. 차라리 미치는 게 나을 거 같다는 생각도 하니까."

"괜찮아, 엄마. 엄마는 날 낳아 준 생모니까. 하지만 새아버지는 생각하는 거조차 싫어. 가끔 꿈에 나타나면 죽여 버리고 싶기도 해. 이젠 이 세상 사람이 아니니 그럴 필요도 없지만."

"모두 내 죄야. 한데 누굴 원망해. 그래 봐야 산 자만 괴롭지."

"맞아, 엄마. 죽으면 다 소용없어. 세상과의 연은 다 끊길 텐데 원망한다고 뭐가 달라지겠어. 고통은 살아 있는 자의 것이야. 앙심을 품고 살면 그만큼 몫이 커질 뿐이겠지."

"죽일 인간!"

"누구?"

"알면서 뭘 물어."

"자꾸 그런 생각 하지 말라니까. 병나."

"잊히지 않는 걸 어떡해."

엄마의 눈동자가 흐려졌다. 멍한 얼굴 그리고 표정이 어둡게 변해 가는 걸 나는 느꼈기에 엄마의 등을 계속 다독거렸다. 그러나 내 마음 한구석은 싸늘한 감정이 아직도 삭지 않고 뭉쳐 있었다. 나는 지난 시간 엄마와 나눴던 대화를 생각하고 눈시울을 달궜다. 조용히 눈을 떴다. 그리고 천천히 뒤돌아 집을 향했다. 막상 순간적인 감정으로 집을 나왔지만 갈 곳이 없었다. 혈연단신이다. 하나밖에 없는 남동생은 멀리 외국에서 살고 엄마가 세상을 떴다고 연락했는데도 답조차 없다. 이미 모든 생활에 염증을 느끼고 떠난 동생이었다. 나는 그것을 알기에 어느 면에서 이해가 됐다. 모든 걸 잊고 싶었겠지. 아무리 어릴 적 일이라지만 기억하고 싶지 않은 자기만의 뭔가가 있을 테니까. 나는 이렇게 생각하고 고개를 흔들었다. 머리가 또다시 복잡해진다. 내 기억의 끄트머리는 어딜까. 아직도 멀고 먼 길이 남아 있을 것만 같다. 문득 기댈 곳 없다는 사실이 서글픔으로 다가온다. 그래도 엄마가 살아생전엔 지지고 볶아도 핏줄이라는 믿음이 내 안에 있었다. 이젠 정녕 외롭고 쓸쓸함만이 남은 듯싶다.

  나는 집으로 돌아온 다음에도 계속해 옛 기억 속에 머물러 있었다. 베란다 창문 너머를 바라보며 지난 시간 있었던 모든 일을 생각하고 연신 눈물을 쏟아 냈다. 두 번 다시 떠올리고 싶지 않은 과거의 늪, 내 몸과 마음을 온통 뭉개 버린 그 아픈 기억을 나는 가슴속 깊이 묻어 두고 그동안 가끔 슬퍼하며 꺼내 보곤 했다. 오늘도 마찬가지다. 여전히 내 마음 한구석에 남아 있는 서글픔이 내 머릿속을 온통 뒤죽박죽 채워 온다. 죽음의 시간까지 이어질 것만 같은 두려움이 있지만 그래도 하는 수 없다. 나 자신도 어쩔 수 없는 일이니까. 살아 숨 쉬는 한 어찌 잊으리. 그 두렵고 아팠던 기억들을.
  똥을 쌌다. 나는 계부의 매질을 견디다 못해 똥을 싸고 말았다.
"미친년, 똥은 싸고 지랄이야. 뭘 잘했다고. 아휴, 냄새."
  엄마는 계속 두런거리며 내가 싼 똥을 치우고 있었다.
"지가 싼 똥 저더러 치우라고 해!"

계부가 저만큼에서 고함친다. 나는 너무 맞아 몸을 움직일 수 없기에 엄마가 똥을 치우게 된 것이다. 고소했다. 맘은 불안하고 몸은 고통스러웠지만 나는 속으로 쾌재를 불렀다. 인간의 마음은 대부분 남이 잘되는 걸 좋아하지 않는다. 내가 잘되길 원할 뿐이다. 나도 마찬가지로 이런 부류에 속한 모양이다. 통쾌함을 감출 수 없다. 그러나 내색하진 않았다. 매가 무섭기 때문이었다. 엄마는 연신 상을 찌푸리며 똥을 치운 다음 방향제를 뿌려댔다. 가끔 내 얼굴에도 분사했다. 그래도 괜찮다. 내 마음속 희열은 여전히 그대로니까. 밥을 굶었다. 똥 싼 죗값이다. 속을 싹 비웠으니 배가 고플 수밖에. 참았다. 이를 악물고. 배고픔보다 매 맞는 게 더 무섭다. 꼬르륵, 뱃속에서 연신 소리가 난다. 못 견딜 만큼 허기에 시달렸다. 어디선가 구수한 밥 냄새가 풍겨 온다. 미칠 것만 같다. 인내에도 한계가 있었다. 끙, 하고 소리를 냈다. 응징의 주먹질이 내 몸 위로 떨어졌다. '씨팔, 배고픈 걸 어쩌라고.' 나는 맘속으로 구시렁거렸다. 속이 약간 편안해졌다. 때론 혼잣말이 약이 됐다. 밤이 되자 베란다에 찬바람이 밀려들었다. 춥다. 견딜 수 없을 만큼. 그래도 내복만 입은 채 대문 밖으로 쫓겨나 초겨울의 찬바람을 맞던 때보다는 훨씬 낫다. 더욱이 지금은 가을이다. 늦가을이 긴 하지만 살을 에는 추위는 아니다. 베란다 밖 하늘에 별들이 촘촘히 박혀 있다. 하나둘 헤아려 봤다. 나도 별이 되고 싶다. 짧은 소망이 가슴을 더욱 시리게 했다. 별 하나, 별 둘, 그렇게 밤은 새벽을 향해 치닫고 있었다.

벽

 방 한구석에 몸을 사리고 앉아 있는 내 머릿속엔 오로지 '탈출'이란 두 글자뿐이었다. 사지가 움츠러든다. 엄마의 웃음소리가 들려온다. 저 웃음소리가 멈추는 순간이 두렵다. 방안은 어둑했다. 별빛도 없는 밤이다. 밝음은 더욱 싫다. 나는 머리를 양손으로 감쌌다. 계부의 목소리도 들린다. 소름 끼친다. 초저녁 환한 형광등 불빛 아래서 짓밟히고 맞던 순간이 다시금 내 머릿속을 헤집고 밀려 나온다. 엄마는 그 곁에서 잔뜩 화가 난 표정으로 숨을 씩씩거리고 있었다.

 "웬수!"

 내 이름이다. 계부는 화를 참지 못하겠다는 듯이 눈을 번득이며 뭔가를 찾더니, 이내 눈을 부라리며 나에게 다가온다. 청소기 손잡이였다. 냅다 등허리를 갈긴다. 나는 비명도 지르지 못하고 저만큼 나가떨어졌다. 입술에 피가 번졌다. 코에서 연신 벌건 액체가 묻어 내린다. 아픔을 느낄 겨를도 없이 나는 만신창이가 되도록 두들겨 맞았다. 고소하다는 눈빛을 던지는 엄마가 더 밉다. 계부는 그런 엄마를 의식하는지 더욱 손에 힘을 가했다. 나는 온몸이 피범벅이 되고서야 악몽의 늪에서 벗어날 수 있었다. 저녁밥도 먹지 못했다. 가끔 있는 일이다. 가족이라는 틀에서 벗어난 나는 음식으로 따지면 이물질에 불과했다. 아무도 끼워 주지 않는다. 사실 나는 엄마의 재혼을 원한 적이 없었다. 다만 내 의사가 전혀 전달되지 않는다는 게 문제였다. 아직 아홉 살밖에 안 된 나에게 권리가 있을 턱이 없었다. 남동생이 태어나지 않고 나 혼자였을 때는 그런대로 버틸 수 있었다. 방학이기에 학교에 가지 못하는 시간이 많아지면서 내 고통은 더욱 극심해졌다. 설거지나 청소 등의 집안일을 대부분 내가 도맡아 하게 됐다. 다섯 살배기 동생은 계부와 엄마의 품에서 행복한 나날을 보내고 있었다. 숨이 막힌다. 계부의 눈빛만 봐도 나는 얼음이 되고 만다. 눈길을 피해 줄곧 몸을 움직였다. 엄마는 그런 내 모습마저 못마땅해한다. 슬쩍 계부와 눈이 마주친 다음이면 어김없이 표정이 바뀐다. 보란 듯이 밀치고 구박을 일삼는다. 나는 어른들의 세계를 이해할 수 없었다. 아빠가 그리웠다. 하지만 아빠는 어디에 있는지 알 길이 없다. 기댈 곳이라곤 엄마밖에 없는 셈이다. 도망갈 수도 없고 따지며 대들 수도 없는 처지가 바로 나다. 오늘도 계부는 소파에 앉아 나를 주시한다. 평소 눈엣가시였던 나를 바라보는 눈초리가 무서웠다. 나는 몸을 으스스 떨었다. 발걸음을 조심스럽게 옮기는데 계부의 목소리가 내 귓전을 파고든다.

"일루 와."

움찔 몸을 사렸다. 왜요?라고 묻고 싶었지만 차마 입 밖으로 새어 나오지 못했다.

"빨리."

나는 주춤 뒤돌아 계부를 바라봤다. 눈초리가 매섭다. 뭔가 또 트집을 잡을 것만 같다. 심장이 터질 듯 오므라든다. 후들거리는 두 다리가 그대로 멈췄다. 계부가 일어선다. 그리고 동작이 느리다는 이유로 사정없이 후려친다. 머리채를 휘어잡은 계부의 손길이 억세게 느껴진다.

"앞으로 내 눈에 얼씬거리지 마. 알았어!"

마지막으로 계부는 이 말을 던지고 내 시야에서 사라

졌다. 나는 엎어진 채 그 자리에서 꼼짝 않고 있었다. 두렵고 서글펐지만 소리 내어 울 수도 없었다. 만약 그랬단 또다시 가해질 계부의 매질이 무서웠기 때문이다. 문득 어릴 적 엄마에 대한 기억이 떠오른다. 철없던 시절 멋모르고 사랑에 빠진 엄마는 나를 낳은 뒤 아빠와 자주 싸웠다. 이유는 돈 때문이었다. 감정에 치우친 게 잘못이었다고 엄마는 매번 한탄했다. 아빠는 불알 두 쪽밖에 가진 게 없었다. 인물은 훤했지만 사회 초년생으로 어디서 어떻게 돈을 벌어야 하는지 방법조차 모르는 어정쩡한 청년이었다. 매일 먹고 놀았다. 처음엔 그게 좋다고 들러붙어 죽자 사자 매달린 엄마였지만 시간이 지나면서 먹고 사는 문제에 봉착했다. 당장 배가 고팠다. 주린 배를 움켜쥐고 사랑을 운운할 수는 없었다. 그러나 이미 엎어진 물 엎친 데 덮친 격으로 내가 태어났다. 엄마의 뱃속에 있을 때만 해도 나는 그런대로 행복했는지도 모른다. 끼니 걱정, 미래에 대한 불안감도 모르고, 눈앞에서 엄마 아빠가 싸우는 광경을 보지 않아도 되는 일이었으니까. 엄마 아빠의 배고픔은 나에게도 이어졌다. 내가 할 수 있는 최대한의 방법은 우는 것 뿐이었다. 온 힘을 다해 울어대도 우유는커녕 쥐어박히는 현실만 내 앞에 놓였다.

결국 치고 박고 싸우는 엄마 아빠의 사이에서 나는 거치적거리는 물건이 돼 저만큼 밀려나는 신세가 되고 말았다. 박살 난 사랑 앞에 '나'라는 존재는 아예 안중에도 없는지 두 사람의 감정만 앞서 결국 헤어지는 결과를 초래하게 된 것이다. 그런고로 나는 엄밀히 생각해 보면 가장 큰 피해자다. 무슨 잘못이 있다고 나를 만들어 놓고 자신들의 사랑싸움에 말려들게 만드는가. 한때는 아름다운 하모니 그 씨앗인 게 분명한데, 씨팔! 욕이 절로 나오는 현실이 아닐 수 없다. 아빠가 무책임하게 나와 엄마를 버려두고 어디론가 떠나 버린 뒤 엄마는 얼마 동안 매일 술과 더불어 살았다. 가끔 내가 원수처럼 생각되었는지 분풀이를 하며 걸림돌이라고 두런거리기도 했다. 나는 알쏭달쏭 알 수 없는 엄마의 심정을 이해할 길이 없었다. 어느 날부터 놈팡이가 우리 집에 들락거리면서 나는 더욱 천덕꾸러기가 됐다. 어쨌든 나는 이래도 저래도 이물질이었으니까. 그것은 곧 계부가 된 놈팡이에게도 마찬가지였다. 엄마는 계부의 눈치를 보았고, 계부는 엄마의 언행에 초점을 맞춰 차츰 나를 불필요한 존재로 여기기에 이르렀다. 나는 그럴 때면 방 한구석에서 몸을 사리고 눈치 보기에 급급했다. 계부의 눈빛만 달라져도 엄마는 보란 듯이 나를 쥐어박기 일쑤였다. 핏줄보다 중요한 사랑을 잃을까 엄마는 겁을 내는 모양이었다. 금방 죽일 듯 몰아치는 엄마의 행동에 계부는 만족감을 느끼는 듯 싶었지만, 시간이 흐를수록 달라지기 시작했다. 릴레이식으로 때리는 것이다. 아니 한술 더 떠 서로 즐기듯 나를 두고 누가 잘 때리나 게임을 하는 거 같다는 생각도 들었다. 탈출하고 싶었지만 그건 오로지 내 희망 사항일 뿐 실현 불가능한 일이었다. 내 목엔 보이지 않는 줄이 묶여 있었고 발목엔 나이라는 쇠사슬이 채워져 있었기 때문이었다. 계부에게 목덜미를 잡혀 질질 끌려갈 때도 엄마는 눈빛 하나 달라지는 게 없었다.

"지 애비 닮아가지고!"

아직도 아빠에 대한 악감정이 남아 있는지 오히려 분함에 치를 떨며 당연하다는 식으로 바라볼 뿐이었다. 나는 마음속으로 울부짖었다. 제발 이 순간을 모면할 수 있도록 도와 달라고. 엄마의 차디찬 눈에 매달려 애원하며 계부의 심한 매질에 온몸을 비틀곤 했다. 엄마는 냉정하게 돌아섰다. 그리고 잠시 후, 계부와 엄마의 웃음소리가 내 귓전을 때리며 나를 더 견디기 힘든 서글픔 속으로 밀어 넣고 만다. 몸이 쑤시고 아픈 건 견딜 수 있다.

하지만 맘이 쓰리고 고통스러운 건 견디기 어렵다. 도망갈 생각을 여러 번 했다. 그러나 그럴 수 없었다. 첫째 내 나이가 철조망이 돼 나를 에워싸고 있는 까닭이다. 누군가 구원의 손길을 기대해 봤지만 그것도 여의치 않았다. 세상의 벽은 높고 거대한 뭔가가 분명히 있는 것만 같았다. 포기하고 주저앉았지만 여전히 내 가슴속엔 석연치 않은 부분이 있었다.

 거울을 봤다. 얼굴이 엉망이다. 이유는 맞았기 때문이다. 재수 없게 생겼다고 때리고 밥맛 떨어진다고 때리고 꼴 보기 싫다고 때렸다. 계부도 때렸고 엄마도 때렸다. 어느 때는 죽을 만큼 맞았다. 이젠 어느 정도 맞아서는 아픈 줄도 모른다. 일상처럼 여겨지는 매질에 이골이 나 있다. 아무리 생각해 봐도 인정할 수 없는 일이다. 너무 맞아 피멍이 들었고 본얼굴을 찾을 수 없을 만큼 부어 있기 때문에 묘하게 일그러져 있을 뿐이다. 세수를 하고 나니 약간 깨끗해 보인다. 엄마의 마음속에 정말 '나'는 없는 걸까? 나는 문득 이런 생각을 해 봤다. 암튼 거추장스런 존재, 그것이 나였다. 어느 시간 또다시 계부의 눈이 매섭게 움직인다. 나는 끽소리도 못 하고 쭈그리고 앉아 있었다. 어디에도 구원의 손길은 없다. 눈알을 굴릴 수조차 없었다. 가슴이 조여 든다. 너무 긴장한 탓에 부르는 소리를 듣지 못했는데 대답하지 않는다고 죽도록 맞았다. 코에서 벌건 피가 흘러내린다. 엄마는 계부 곁에서 맞을 짓을 했으니 맞지, 하는 눈빛으로 쳐다보기만 했다. 나는 엎드린 채 눈치를 살폈다. 두렵다. 매를 맞는 건 이골이 나 있지만 언제쯤 상황이 끝날지 그게 더 조급했다. 울 수도 없다. 만약 입 밖으로 소리를 냈다간 사지가 찢겨 나갈 정도로 맞을지도 모른다. 아픔을 꾹 참고 인내심을 발휘했다. 늘 그랬듯 고통은 얼마의 시간이 흐른 뒤 나타났기에 지금 순간은 견딜 만하다. 오로지 내 바람은 최대한 빨리 이 순간을 벗어나고 싶을 뿐이다.

"굶을래, 맞을래."

몇 년 동안의 일들 중 내가 기억하는 건 이 두 가지뿐이었다. 어느 것도 선택할 수 없는 갈림길에서 나는 맞고 또 맞았다.

"고개 들어."

"잘못했습니다."

"뭘 잘못했는데?"

"다시는 안 그럴게요."

나는 몸을 벌벌 떨며 계부를 바라봤다.

"안 그러면 안 맞지. 하지만 이미 잘못한 건 맞아야지?"

탁! 계부의 한 손이 내 머리통을 갈긴다. 멍하다. 계속되는 매질에 정신을 차릴 수가 없다.

"잘못했어요!"

"그러니까 맞는 거야."

온몸이 멍투성이다. 계부는 눈을 부라리며 마치 짐승을 대하듯 조금도 인정을 두지 않았다. 나는 눈물을 머금고 아픔을 참아 내야만 했다.

"고분고분 말만 잘 들어 봐, 맞을 턱이 없지."

계부는 손을 탈탈 털며 두런거렸다.

고통과 좌절의 시간 속에서도 세월은 흘렀다. 열네 살, 중학교에 입학한 다음이었지만 여전히 나는 매의 굴레에서 벗어나지 못하고 있었다. 친구들은 내 속을 모르기에 자꾸만 함께 놀자고 조르는 것이다. 나도 놀고 싶다. 하지만 그랬단 맞아 죽는다. 나는 고개를 저었다. 친구들은 혀를 내두르며 숙맥이라고 비아냥거린다. 나는 쓴웃음을 짓고 돌아서는 때가 많았다. 그러던 어느 날

"야, 오늘도 그냥 갈 거야?"

무작정 손을 잡아끄는 친구를 뿌리치지 못하고 잠깐 풀밭에 앉아 얘기꽃을 피웠다. 그런 다음 집으로 들어서자마자 늦었다는 이유로 맞았다. 입을 다물고 있다고 맞았고, 싹수가 노랗다고 맞았다. 표정이 굳었다고, 발자국 소리를 낸다고, 밥 먹는데 흘린다고, 암튼 여러 가지 이유로 맞았다. 집 안에서 내가 할 수 있는 자유란 없었다. 늘 예의 주시하는 계부의 눈을 피할 수도 비껴갈 수도 없는 여건이었으니까. 그러던 어느 날이었다. 계부가 손짓으로 나를 부른다. 엄마는 외출하고 없었다. 엉겁결에 계부에게로 다가간 나는 눈망울을 굴렸다.

"누워."

나는 언젠가 "고분고분 말만 잘 들어 봐, 맞을 턱이 없지." 했던 계부의 말을 떠올리고 순순히 계부가 시키는 대로 따랐다. 한데, 계부는 내가 드러눕자 바지를 훌러덩 벗더니 곧바로 자신의 성기를 내 얼굴에 디밀었다. 나는 기겁을 하고 몸을 일으켰다. 계부의 억센 손이 나를 밀쳤다. 나는 숨도 쉴 수 없는 공간 속에서 인간 이하의 곤욕을 치르지 않으면 안 되는 상황에 놓이게 됐다. 사방의 벽이 나를 조여 왔다. 엄마, 아빠, 하나님, 세상에 존재

하는 모든 것을 불렀다. 그러나 내 현실에 그들은 아무런 도움도 주지 않았을 뿐더러 모습도 나타내지 않았다. 그러므로 나는 더럽고 불결한 늪에서 도저히 헤어 나올 길이 없었다. 계부는 거뭇거뭇한 내 아랫도리를 연신 손으로 쓰다듬었다. 전신에 소름이 돋았다. 울 수도 소리칠 수도 없는 여건 속에서 나는 입술을 잘근잘근 깨물며 거듭 반항했지만 아무 소용도 없었다. 계속되는 내 저항에도 개의치 않고 계부는 내 몸 여기저기를 샅샅이 쓸어내렸다. 모멸감과 수치심이 뇌리를 덮쳐 왔다. 나는 순간 소리쳤다.

"왜 이래요!"

찰싹! 계부의 한 손이 내 뺨에 거세게 와닿았다. 나는 자리에서 벌떡 몸을 일으킨 다음 쏜살같이 밖을 향해 내달렸다.

"다시는 집에 들어올 생각 마!"

계부의 큰 목소리가 내 등 뒤에서 들려왔다. 나는 그때야 정신이 번쩍 들었다. 하지만 때는 늦었다. 곧 대문이 굳게 닫혔기 때문이었다. 이제 어떡하지? 또다시 들어갈 수 없는 대문 밖에서 나는 막연함에 온몸의 기운이 쭉 빠졌다.

시간이 흘렀다. 늦가을 날씨는 쌀쌀하기 이를 데 없었다. 나는 대문간에 쭈그리고 앉아 밤하늘에 떠 있는 별을 또다시 헤아렸다. 추위를 이길 방법은 그뿐이었다. 새벽녘이 되자 살을 에는 차가움이 살갗을 파고들었다. 나는 몸을 바짝 움츠리고 대문 안을 연신 기웃거렸다. 늦은 시간 외출했던 엄마가 돌아왔지만 "뭘 또 잘못했기에." 하며 혀를 차고 집으로 들어간 다음 대문은 다시금 잠겨 버렸다. 손바닥을 비볐다. 그래도 추위는 달아나지 않았다. '차라리 계부의 말을 따를 걸.' 하는 후회가 밀려왔다. 슬픔이 북받쳤다. 문득 얼마 전의 일이 생각났다. 담임 선생님이 내 얼굴을 보고 이상히 여겼는지 엄마에게 전화를 했다. 엄마는 호들갑을 떨며 답변하기에 여념이 없었다. 나는 곁에서 입술을 깨물고 서 있었다.

"어머, 선생님! 우리 혜리 땜에 전화 주셨어요? 원체 말이 없는 편이라 집에서도 죽겠어요. 하지만 타고난 성격인 걸 어쩌겠어요. 예쁘게 봐주세요, 선생님."

"얼굴에 멍 자국이 있기에."

"아, 그거요. 별거 아녜요. 동생 녀석이 워낙 극성맞아 저희 누나를 매번 못살게 굴지 뭐겠어요. 혜리가 착해서 마냥 당한다니까요. 앞으로 제가 각별히 신경 써야 할 거 같네요."

"그래 주시면 고맙겠습니다. 그럼 부탁드립니다, 어머님."

"네, 네. 염려하지 마세요, 선생님."

나는 멍한 눈으로 엄마를 한참 동안 바라봤다. 마음 한구석에 찬바람이 쌩하고 지나는 듯 싶었다.

그날 이후, 나는 결심을 굳혔다. 그동안 알게 모르게 꿈꿔 왔던 미지의 세계로 도망가야겠다는 생각이었다. 비록 내가 잘 알지 못하는 세상이 험할지라도 이보다 더 힘들고 역겹겠는가. 나는 입술을 야무지게 깨물었다. 그리고 며칠이 지난 다음 곧바로 실행에 옮겼다. 벽을 뚫고 헤쳐 나온 기분이었다. 그러나 가슴 한구석은 여전히 두렵고 고통스러운 불안감이 자리하고 있었다. 급히 발길을 떼 역전에 도착했다. 금방이라도 계부가 뒤따라와 머리채를 휘어 잡을 것만 같다. 온몸에 소름이 돋았다. 전신이 땀으로 흥건하다. 대뜸 발길을 옮겨 마침 움직이는 열차에 올라탔다. 열차는 소리 없이 어딘가를 향해 마구 내달렸다. 그때야 맘이 조금 놓였다. 차창 밖을 내다봤다. 높은 하늘에 하얀 구름이 두둥실 떠 유유히 흘러가고 있었다.

서울역에 도착 즉시 나는 무임승차를 한 탓에 승무원에게 끌려 역무실로 직행했다.

"너, 가출했지?"

대뜸 나를 향해 내뱉는 역무실 직원의 말에 나는 고개를 바짝 수그렸다.

"집이 어디야? 되돌려 보내 줄 테니 말해 봐. 이곳이 어딘 줄 알고 무작정 상경을 해. 눈 뜨고 코 베어 간다는 말 못 들어 봤어? 부모님은 또 얼마나 속을 썩을 것이며. 휴… 너희 같은 애들 때문에 골치가 아파 죽겠다. 제발 주는 밥 먹고 공부나 열심히 하면 될 걸 왜 가출은 하는지 모르겠구나. 세상 무서운 줄 모르고 뛰어들면 누가 밥 주고 재워 준대? 하긴 착각은 자유지만. 집 생각 부모 생각 간절하게 될 건데 뭣 땜에 그러는지 모르겠단 말이야. 너무 호강스러워 탈 난 거 아냐? 집보다 더 좋은 곳이 어디 있다고. 쯧쯧."

안타까운 표정을 지어 보이며 역무실 직원은 때론 겁주고 때론 설득하며 몇 번이고 나를 타일렀다. 나는 절대로 돌아가지 않겠다고 막무가내 떼를 썼다. 역무실 직원은 나를 마치 말릴 수 없는 문제아로 보는 듯 했다. 나는 답답한 마음에 자리에 털썩 주저앉아 엉엉 소리 내 울었다. 도무지 내 진심이 통하지 않는다. 어떤 말을 해도 믿어 주지도 않는다. 그것은 내가 맨 처음 자의로 인해 부딪친 세상의 커다란 벽이었다.

얼마의 시간이 지난 뒤 나는 역무실 직원에 의해 경찰서로 넘겨졌다.

"학생 맞지? 어느 학교 몇 학년이야?"

경찰관의 물음에 나는 입을 꾹 다물고 아무 대답도 하지 않았다.

"말 안 할 거야?"

경찰관이 두 눈을 부라렸다. 나는 두렵고 암담한 심정이었지만 어떤 대답도 할 수가 없었다. 만약 사실대로 말한 다음 다시 집으로 돌려보내진다면 나는 아마도 계부와 엄마의 손에 맞아 죽거나 반병신이 될지도 모른다. 이렇게 생각하자 나는 일순 정신이 아득해 왔다. 경찰관은 눈을 게슴츠레 뜨고 한참 동안 뭔가를 생각하더니 이내 "좋아. 버틴다고 되는 건 아니니까." 하고 말한 후 어디론가 모습을 감춰 버렸다. 나는 그때야 안도의 숨을 뱉어 냈다. 하지만 경찰서에서 하룻밤을 자고 난 다음 날 아침 나는 기겁을 하지 않을 수 없었다. 뜻밖에 계부가 내 앞에 우뚝 서 있었기 때문이었다. 나는 두 눈을 황망히 떴다. 계부는 의연한 모습으로 나를 보자 얼른 다가와 내 몸을 감싸 안았다. 나는 얼떨떨한 기분으로 계부에게 안겨 있었다. 그때 계부가 입을 열고 말했다.

"집 놔두고 왜 생고생을 해. 엄마도 아파 병원에 입원했는데. 아빠가 얼마나 찾았는지 알아?"

머리가 띵했다. 그러나 아무 말도 하지 못했다. 오직 이 현실이 기가 막힐 뿐이었다. 나는 허탈함에 또 한 번 전신에 맥이 빠졌다.

검은 벌레

 어쩔 수 없이 계부의 손에 끌려 집으로 들어서는 순간 이미 내 목덜미는 억센 팔에 잡혀 있었다. 거실 바닥에 내동댕이쳐진 나는 엎어진 채 두 손 모아 싹싹 빌었다.
 "잘못했어요. 다시는 안 그럴게요."
 부들부들 떠는 내 몸은 이미 게워 낸 토사물과 함께 뒤범벅이 돼 있었다. 계부는 내 머리채를 휘어잡고 질질 끌고 간 다음 욕실 문을 열고 나를 확 밀어 넣었다.
 "씻어!"
 욕실 밖에서 계부의 목소리가 내 귓전에 강하게 울려왔다. 나는 화들짝 놀라 몸에 물을 끼얹기 시작했다. 잠시 후, 욕실 문이 열리고 뜻밖에 계부가 욕실 안으로 쑥 들어왔다. 나는 두 눈을 둥그렇게 뜨고 계부를 바라봤다. 그리고 다음 순간, 이어진 계부의 행동에 나는 속수무책 지옥의 구렁텅이로 깊숙이 빠져들고 말았다.

"가만있어. 모두 너를 위해서야. 네 몸에 어디 이상이 있나 살피는 거니까."

계부는 과감하게 내 몸을 더듬적거리며 때론 쓸어내리기도 했다. 나는 눈을 꼭 감고 있었지만 견딜 수 없는 모욕감을 느꼈다. 계부는 쉴 새 없이 내 몸 이곳저곳을 만지작거렸다. 아아, 이럴 땐 어떡해야 할까. 소리칠까. 거부할까. 마음속에서 여러 가지 생각이 꿈틀댔지만 나는 차마 실행에 옮길 수가 없었다. 뒷일이 걱정됐기 때문이었다. 가차없이 주먹질을 할 계부의 모습이 벌써부터 나를 옥죄이고 있었던 탓이다. 욕실 천정이 무지개처럼 여러 가지 색깔로 눈앞을 어지럽혔다. 정신이 몽롱하고 희미하게 멀어져 갔다.

엄마는 다행히 병에 차도가 있어 며칠이 지난 후 퇴원하게 됐다. 나는 망설임 끝에 굳은 결심을 하고 모든 걸 엄마에게 털어놨다. 엄마는 기겁을 하며 눈알을 굴린 다음 이내 나를 마구 두들겨 팼다.

"정말이야, 엄마."

나는 울며 엄마에게 매달렸지만 예상했던 대로 내 진실은 통하지 않았다. 엄마는 더욱 화를 내며 목소리 톤을 높였다.

"아직 머리에 피도 안 마른 게 거짓말을 해! 키워 준 은공도 모르고. 어디 아빠가 그럴 사람이니. 누구 들을까 겁나는 얘기를 함부로 지껄이다니. 죽으려고 환장을 하지 않고서야 어찌."

"믿어 줘, 엄마. 사실이야. 참말이라고."

"시끄러워! 정신 나간 년."

도대체 말이 먹혀들지 않았다. 거기에 계부의 음흉한 눈동자가 핏발을 세우며 가차없는 응징이 가해졌다. 내 얼굴엔 또다시 피멍이 들었고 코에서는 연신 벌건 피가 흘러내렸다.

"저걸 인간이라고 먹이고 길렀으니, 원. 짐승도 은혜를 아는 법인데 배은망덕도 유분수지."

엄마는 연신 두런거리며 계부 편에서 나를 몰아쳤다. 나는 억울한 심정을 풀 길이 없었다. 계부는 저만큼 나뒹굴며 엎어져 있는 내 머리채를 낚아챈 뒤 질질 끌고 가 구석진 방에 가둬 버렸다. 사방이 벽이다. 아무리 살펴봐도 뚫고 나갈 틈새조차 없다. 나는 암담한 심정으로 계속 벽만 쳐다봤다. 그때였다. 방 밖에서 엄마의 목소리가 경쾌하게 들려왔다.

"어머, 선생님 웬일이세요? 우리 혜리가 걱정돼 오셨군요."

마침 잦은 결석과 가출에서 집으로 돌아왔다는 소식을 접한 담임 선생님이 가정 방문을 온 것이다. 나는 구세주를 만난 심정이었다.

"혜리는 어디 있나요?"

"지금 집에 없는데요. 멀리 심부름 갔거든요."

"잠깐 만났으면 하는데, 언제쯤 올까요?"

"글쎄, 며칠 걸릴 텐데. 오는 즉시 연락을 드릴게요, 선생님."

"학교에 나오지 않아 궁금하기도 하고 암튼 좀 만났으면 좋겠는데."

"걱정하지 마세요, 선생님. 그러잖아도 마음이 정리되면 보내려고 했어요."

나는 엄마와 선생님의 대화를 들으며 심장이 쿵쿵 뛰었다. 지금이 기회다. 놓치면 영영 후회하게 될지도 모른다. 도저히 혼자 힘으로 헤쳐 나갈 수 없는 현실의 늪, 누군가의 도움이 절실히 필요하다고 생각됐다. 경찰도 소용

없다. 언젠가 나는 경찰서를 찾은 적이 있었다. 망설임 끝에 문을 밀치고 들어섰지만 말할 용기가 나질 않았다. 눈망울을 굴리는 경찰관 앞에서 나는 입술을 잘근잘근 깨물며 한참 동안 머뭇거리다 이상한 학생이라는 말만 듣고 뒤돌아섰다. 그만큼 나에게 있어 세상의 벽은 높고 단단할 뿐이었다. 나를 드러내고 털어놓는 게 쉬운 일이 아니었다. 그래 봐야 나만 망신이다. 내 마음 안 불신은 여기까지였다. 막연한 심정으로 걷다 보니 결국 또 집이다. 맞아 죽더라도 갈 곳이 없는 나로서는 어쩔 수 없는 선택이었다. 나는 문득 뇌리를 스쳐 지나가는 이 생각과 더불어 급히 일어서 방문 곁으로 다가간 다음 발로 문을 뻥 찼다. 어디서 그런 용기가 생겼는지는 모른다. 무작정 방 밖으로 뛰쳐나온 나는 달리듯 담임 선생님 앞으로 다가가 풀썩 주저앉은 뒤 곧바로 정신을 잃고 말았다. 엄마는 황급히 자리를 떴고 계부도 어디 있는지 보이지 않았다.

"혜리야!"

아련히 들려오는 선생님의 목소리를 끝으로 나는 더 이상 아무것도 알 수 없었다.

얼마나 시간이 지났을까. 나는 겨우 의식을 회복하고 눈을 떴다. 어렴풋이 선생님의 목소리가 들려왔다.

"혜리야, 모든 걸 숨김없이 얘기해 봐. 난 너를 보호해 줄 거야. 알겠니?"

담임 선생님은 내 몸을 흔들며 진지한 눈빛을 날렸다.

"말해 봐. 난 널 도우려는 거야."

계속되는 선생님의 설득에도 나는 입을 꼭 다물고 여전히 묵묵부답으로 일관했다.

"미안해. 선생님이 그동안 너무 무관심했던 거."

선생님의 목소리엔 울먹임이 담겨 있었다. 진실로 후회하는 듯한 표정으로 선생님은 연신 내 등을 다독였다. 나는 따사로운 선생님의 눈빛과 손길에 어느새 스르르 맘을 풀고 녹아 들었다. 그동안 사뭇 그리웠던 인간의 정을 모처럼 느끼게 됐는지도 모른다. 외로웠다. 너무도 외롭고 힘들어 어딘가 기댈 곳을 찾았는지도 알 수 없는 일이었다. 믿을 사람이라곤 단 한 사람도 없는 황량한 벌판에 나는 벌거벗은 채 서 있었던 모양이었다. 금세 새로운 정에 적응하기 시작했다.

"괜찮아. 난 전부 이해할 수 있어. 네가 어떤 사정에 놓여 있는지는 모르겠지만 내 도움이 필요하다면 기꺼이 돕고 싶어. 믿고 의지해 주면 고맙겠다, 혜리야."

나는 그때야 담임 선생님의 가슴팍에 얼굴을 묻고 흐

느껴 울었다. 선생님은 포근한 손길로 나를 감싸 안았다. 얼마 만에 느끼는 감정인가. 참으로 그리웠던 따뜻한 품속이다. 엄마의 가슴이 이토록 포근했던가. 언제나 저만큼 밀어내고 거들떠보지도 않던 엄마의 가슴팍이 그립고 또 그리웠다. 어느 때는 사무치게 그리워 서늘해진 맘을 눈물로 적셔 내곤 하는 때도 있었다. 그러나 겉으로 결코 내색할 수 없었던 가정이라는 울타리, 그 차디찬 무덤 속에서 나는 진저리 쳐지는 아픔을 견뎌 내야만 했다. 이런 생각들이 머릿속을 헤집고 굼실굼실 밀려 나오자, 나는 더 이상 참을 수 없어 큰 소리를 내며 펑펑 눈물을 쏟아 냈다. 그리고 그동안 있었던 일, 계부로부터 당했던 모진 매질과 특히 성추행, 폭력, 부분을 빼지도 더하지도 않고 전부 털어놓았다. 선생님의 두 눈이 일시에 커지더니 이내 질끈 감겼다.

"세상에, 그런 일이?"

잠시 후, 선생님은 입을 딱 벌리고 더 이상 어떤 말도 쉽게 꺼내지 못했다. 나는 설움에 북받쳐 더욱 큰 소리로 울었다. 하지만 마음속은 기댈 곳이 있다는 점에서 봄을 맞은 것처럼 따스하고 포근하게 녹아 있었다.

교무실이 발칵 뒤집혔다. 교장 선생님은 격분했고 다른 선생님들도 마찬가지였다.

"이건 그냥 넘어갈 수 없는 문제예요! 당장 신고하세요!"

학교 측의 고발로 경찰에 붙들려 간 계부는 조사를 받았지만 펄쩍 뛰며 모든 걸 부인했다. 나는 사실을 증명하기 위해 정액 반응 검사를 받았으면 한다는 경찰의 권유를 부끄럽고 창피한 일이었지만 뿌리치지 않았다. 그만큼 마음의 상처가 컸던 탓이었다. 계부는 검증 결과가 나오고서야 고개를 숙이고 시인한 뒤 구속됐다. 나는 그제서야 마음에 담아 뒀던 커다란 짐을 내려놓은 듯 가벼웠다. 그러나 한편으론 더 깊은 골짜기로 떠밀려 가는 느낌이었다. 곧 사회적 이슈가 돼 매스컴을 타야 했기 때문이었다. 모든 사람들의 이목이 나에게 쏠렸다. 나는 쥐구멍이 있으면 들어가 숨어 버리고 싶은 심정일 뿐이었다. 만약 담임 선생님이 내 곁에 없었다면 나는 아마 자살했을지도 모를 일이었다. 이래도 저래도 서글픈 현실, 나는 거기에 머물 수밖에 없다는 걸 깨달았다.

시간이 흐르고 재판을 받게 된 계부를 나는 멀리서 물끄러미 바라봤다. 계부는 죄수의 입장으로 판사 앞에 서 있었다. 나는 입술을 꽉 깨물고 마음속으로 되뇌었다. 조금도 후회하지 않을 것이다. 내 모든 행동에 대해. 그는 벌을 받아 마땅한 사람이니까. 내 꿈, 미래, 희망, 이 모든 걸 집어삼킨 그를 어찌 용서할 수 있을까? 방어할 능력도 없고 뿌리칠 힘도 내 권리와 주장을 펼칠 여건조차 되지 않는 상황 속에서 그는 너무도 무자비한 인간 이하의 동물일 뿐이었다. 나는 고개를 수그렸다. 은연중 그와 마주칠 순간이 싫어서였다. 두 번 다시 마주하고 싶지 않다. 곁에 서있는 담임 선생님이 내 한 손을 꽉 잡아 쥐었다. 나는 그때야 당당하게 고개를 들었다. 계부는 재판이 끝나고 포승줄에 묶인 채 교도소로 향하는 호송차에 올랐다. 그 와중에 흘끔 뒤돌아봤지만 양어깨를 축 늘어뜨리고 눈을 먼 곳에 던지고 있었다. 차마 똑바로 고개를 들고 나를 바라볼 수 없었겠지. 양심이 조금이라도 남아 있다면. 나는 이런 생각을 하며 천천히 발을 옮겨 담임 선생님과 함께 또 다른 삶을 향해 앞만 보고 걸어갔다.

죄질은 나쁘다고 인정됐지만 법의 처벌은 피해자인 내 입장에서 볼 때 별로 만족스러운 것은 아니었다. 계부는 그 뒤 짧은 형기를 마치고 출소했다 그러나 하늘은 제대로 된 죗값을 치르게 하고자 했을까? 어느 날 계부는 자동차를 몰고 달리다 그만 사고를 당하고 말았다. 그의 죽음은 곧 엄마에게 또 다른 충격으로 다가왔던지 엄마는 계속 헛소리를 하며 한동안 정신을 차리지 못했다. 동생과 나를 위해 한때 열심히 삶을 살았던 엄마였지만 역시 사랑엔 약한 여자였는지도 모를 일이었다. 나는 도저히 이해할 수 없는 엄마의 모습을 알쏭달쏭한 눈으로 바라보며 깊은 한숨을 연신 내쉬었다. 무엇이 엄마를 저리도 힘들게 하는 걸까. 계부가 교도소 생활을 하는 동안 잠시 제자리로 돌아온 듯 싶던 엄마의 모습은 어느 날부터 또다시 찾아볼 수 없었다. 나는 한심하다는 생각은 했지만 최대한 엄마를 이해하려고 노력했다. 어쨌든 나를 낳아 준 엄마니까. 그러나 계부의 죽음과 함께 사라져 버린 엄마의 정신, 그것은 나에게 또 다른 아픔과 고통을 안겨 주었다. 나도 나이가 들고 담임 선생님의 도움으로 자리를 잡아 어느 정도 사회에 적응하고 있을 즈음 엄마는 날마다 이상한 행동을 하는 것이었다. 퇴근 후, 현관문을 열고 들어섰지만 아무런 인기척이 없었다. 종일 집에만 있는 엄마가 외출했을 거라는 생각은 할 수 없었기에 나는 고개를 갸웃거리며 얼른 신발을 벗고 거실로 올라섰다. 그리고 엄마의 방문을 여는 순간 나는 눈을 크게 뜨고 입을 딱 벌릴 수밖에 없었다.
"지금 뭐 하는 거야?"
방바닥이 온통 똥 천지다. 어디 그뿐인가. 그걸 엄마는 손으로 주물럭거리고 있다. 나는 얼른 안으로 뛰어 들어가 먼저 엄마의 등허리를 찰싹 소리가 나도록 때렸다.
"도대체 이게 뭐냐고!"
"보면 몰라. 똥이지."
엄마는 태연하게 말하고 히죽 웃었다.
"맙소사. 똥을 왜 주물럭거려!"
나는 너무도 어이가 없고 맥이 빠져 그 자리에 털썩 주저앉았다. 모든 것이 암담할 뿐이다. 황당한 이 상황을 어떻게 헤쳐 나가야 할 것인가. 눈앞이 부연하다. 어질어질한 머릿속을 정리한 다음 나는 가까스로 정신을 가다듬고 똥을 치우기 시작했다. 냄새가 지독하다. 구역질을 연신 해댔다. 휴지가 똥으로 범벅이 됐다. 저만큼 물러나 있던 엄마가 다가온다. 나는 화가 머리끝까지 치밀어 올라 견딜 재간이 없었다. 순간 나도 모르게 엄마를 옆으로 확 밀어 젖혔다. 엄마는 힘없이 고꾸라졌다. 나는 아랑

곳하지 않고 계속 방바닥에 묻어 있는 똥을 휴지로 박박 문질렀다. 그리고 마지막으로 엄마의 손을 낚아채 대충 닦은 후 질질 끌고 가 욕실에 밀어 넣었다. 엄마는 바락바락 소리를 지르며 뭐라고 연신 욕을 했다. 그러나 내 귀에는 하나도 들리지 않았다. 다만 지금의 현실이 죽고 싶을 만큼 싫을 뿐이었다.

"똥은 뭣 땜에 주물럭거려. 더럽게."

"네년은 똥보다 더 더러워!"

내 두런거림에 엄마는 지지 않고 욕실 안에서 소리를 질러 댔다.

"뭘 잘했다고 소릴 질러!"

더 이상 참을 수 없어 내가 고함쳤다. 엄마는 이번엔 엉엉 소리 내 운다. 참 기도 차지 않는 일이다. 나는 한참 동안 멍하니 앉아 있던 자리를 박차고 일어나 욕실을 향했다. 내 손은 이미 똥으로 범벅이 돼 있었다.

"좀 가만있어!"

씻지 않으려고 버둥거리는 엄마를 나는 또다시 찰싹 때렸다.

"이년이 사람을 쳐?"

"치긴 누가 쳐! 더러운데 그럼 씻어야지 어떡할 거야!"

검은 벌레

"누가 널더러 치우래? 가지고 놀다 먹으면 될걸."

"뭐?"

나는 너무나 어이가 없어 뒤통수가 뻐근했다. 계속 뿌리치는 엄마의 거부에도 나는 샤워기를 들이대 엄마의 몸에 물을 끼얹었다.

"딸년이 사람 죽이네!"

엄마의 큰 목소리는 욕실 안을 가득 메우고 잠시 후 잠잠해졌다. 나는 엄마의 온몸에 비누를 발라 냄새가 사라질 때까지 문지르고 또 문질렀다. 욕실 안의 전쟁은 그렇게 오래도록 이어졌다. 가끔 비누 향이 내 코끝으로 스며들었다. 그때야 나는 엄마의 몸에서 손을 뗐다. 욕실 안이 습기로 가득 차 있었다.

"어미를 밀치고 때리고 네년은 아주 나쁜 년이야."

엄마의 중얼거림이 내 귀에 아련히 들려왔다. 나는 못 들은 척 대꾸하지 않고 욕실 밖으로 슬며시 나와 버렸다. 습기에 젖어 잘 알 수는 없었지만 내 두 눈엔 눈물이 그렁그렁 맺혀 있었다. 마음이 많이 무거웠다.

날씨는 쌀쌀했다. 겨울로 접어든 2월 하순은 제법 옷깃을 여미게 하는 추위를 느끼게 했다. 엄마가 저세상으로 떠난 지도 벌써 1년이 지났다. 나는 개운하지 않은 머리를 식히기 위해 아파트 단지 내 공원 벤치에 잠시 몸을 앉혔다. 다시금 여러 가지 생각이 뇌리를 헤집고 밀려 나왔다. 멀리 하늘이 넓게 펼쳐져 나를 내려다보고 있는 시간, 이제 그만 잊어버리라고 내 기억을 탓하는 목소리가 들리는 듯싶었다. 하지만 나는 멈추지 않고 기억의 한 부분 속으로 빨려 들어갔다. 언제였던가. 더럽고 불결한 순간의 악몽이 나를 덮치고 한없는 나락으로 떨어뜨리던 그날 그 시간, 나는 몸서리쳐지는 기억의 무덤에 갇혀 한동안 빠져나올 수 없었다. 내 몸 위로 벌레가 기어 온다. 검고 칙칙한 색깔의 벌레다. 마치 송충이처럼 털이 보송보송한 벌레는 기어이 나를 깊고 습한 늪으로 빠뜨려 버렸다. 갯벌처럼 진득한 늪 속은 도저히 내 힘으로 헤쳐 나올 수 없는 악마의 세계, 바로 그것이었다.

"가만있어. 안 그러면 맞아 죽을 줄 알아."

매보다 더 무섭고 두려운 계부의 말 그리고 행동, 어찌 잊으리.

"손 치워."

내 반항은 곧 폭력으로 이어졌다. 찰싹! 뺨을 때리고 밀치고 눕히고 옷을 벗기고 그런 다음 추하고 더럽고 불결한 추행을 서슴지 않는 계부, 내 몸 위에서 연신 숨을 헐떡인다. 나는 두 눈을 질끈 감고 고통의 시간을 견뎌 내야만 했다. 아아, 하늘은 그 순간 무슨 생각을 했을까. 인간의 더러운 욕망에 짓밟히고 있는 가련한 어린 생명을 왜 단 한마디 말도 없이 지켜만 보고 있었을까. 참으로 원망스런 일이 아닐 수 없었다. 눈앞이 캄캄하고 아랫도리가 욱신거리는 고통, 나는 마음조차도 갈가리 찢겨 슬픔의 파도에 휩쓸려 가고 말았다. 추잡하고 인간 이하의 파렴치한인 계부는 과연 죽음 다음 어디에 머물고 있을까. 지옥의 불구덩이라면 차라리 면죄부를 받은 특혜자라고 볼 수밖에 없다. 득시글거리는 뱀의 혓바닥에 감겨 서서히 죽음의 계곡으로 떠밀려 가는 고통이 주어지기를 나는 바란다. 짐승보다 못한 인간, 부끄러움도 조금의 양심의 가책도 없는 그런 자의 아니, 벌레의 나는 영원한 희생자일 뿐이다. 그것도 검은 벌레. 나는 머리를 흔들고 자리에서 일어나 집을 향해 걸음을 옮겼다. 하늘은 맑았지만 내 마음은 여전히 무거웠다.

문제아

 핸드폰이 울렸다. 뜻밖에 시누이였다. 이미 화해를 한 다음이라서 별 거부감은 느껴지지 않았다. 나는 평소처럼 가벼운 마음으로 반응을 보였다. 먼저 시누이가 물었다.
 "노인네 요즘도 그래?"
 "여전하세요."
 "보통 일이 아니네. 매일 같이 사는 식구끼리 힘들어서 어떡해."
 "어쩔 수 없는 일이죠. 제가 부족해서 일어나는 일인데."
 "그건 아니지. 동생은 뭐래? 계속 두고 볼 거래?"
 "말만 꺼내도 화부터 내요. 어머님도 그렇고."
 "며칠 전 통화했는데 시큰둥하더라고. 맥빠져서 그만 뒀는데 다시 시동을 걸어 봐야겠네."

"고모가 힘이 되어 주심 좋겠는데, 한 번 더 오실 수 있겠어요?"

"당근이지. 내가 아님 안 될 거 같은데 기꺼이 총대 메야지. 걱정 마. 이번엔 책임지고 끝낼 테니."

"고맙습니다, 고모."

"고맙긴. 당연한 일인 걸. 암튼 힘내, 올케!"

"네, 고모."

시누이의 경쾌한 음성에 내 기분도 생각보다 훨씬 업되었다. 나는 얼굴에 잔잔한 미소를 담고 가벼운 몸짓으로 주방을 향해 걸어갔다.

며칠 후, 시누이가 다시 오고 가족회의가 시작됐다. 하지만 시어머니는 펄쩍 뛰며 말도 꺼내지 못하게 했다.

"정신이 멀쩡한데 뭣 땜에 진찰을 받아? 너희 마누라나 데리고 가 진찰을 받아 봐. 분명 정신에 이상이 있을 테니. 그땐 너도 할 말 없을 거고."

시어머니가 답답하다는 듯 가슴을 주먹으로 탁탁 쳤다.

"집사람도 혼자는 절대로 가지 않겠답니다. 그러니 어머니와 함께 가서 진찰을 받도록 해 주세요. 어차피 한

번은 그렇게 해야 되지 않겠어요? 그래야 서로를 의심하는 지금의 상황이 정리될 거 같은데."

"난 안 가! 멀쩡한 사람이 왜 병원에 가 진찰을 받아. 말이 되는 소릴 해야지."

시어머니와 남편의 말씨름은 끝이 없었다. 결국 시어머니는 화를 내며 남편의 시야를 벗어났고 남편은 깊은 한숨을 내쉬며 그 자리에 오랫동안 앉아 있었다. 그리고 얼마 후, 남편이 갑자기 나를 바라보며 몇 마디 했다.

"당신도 마찬가지야. 웬만하면 참고 넘어가야지 굳이 어머니와 대적할 게 뭐냐고. 사람 피곤하게."

"무슨 소릴 그렇게 해요? 그럼 모든 게 나한테 문제가 있다는 거예요?"

"꼭 그렇다는 건 아니지만 이게 할 짓이야? 하루 이틀도 아니고 도대체 견딜 재간이 있어야지."

남편이 한숨을 푹 쏟아 냈다. 나는 너무도 어이가 없어 눈망울만 굴렸다. 그리고 잠시 후,

"그러니까 당신도 지금 저를 정신에 이상이 있는 여자로 본다는 거네요. 제가 왜요? 이제 삼십 대인데 치매에 걸릴 까닭이 없잖아요. 만약 진짜로 그런 생각을 한다면 전 당신을 남편으로 생각하지 않을 거예요. 영원히 원망

하며 살 거라고요!"

 나는 억울한 심정에 남편을 향해 이런저런 변명을 늘어놓다 결국 목소리 톤을 높이고 울음보를 터뜨렸다. 그때였다. 느닷없이 시어머니가 다시 모습을 보이며 전혀 예상하지 못했던 말을 했다.

 "내가 모르는 줄 알지 네 과거를? 앙큼하고 요망스런 너를 진즉 내보냈어야 하는데 그러지 못한 게 한스러울 따름이다."

 나는 경악했다. 시어머니의 입에서 그런 말이 쏟아져 나올 줄은 꿈에도 생각해 보지 못했기에 나는 입을 딱 벌리고 더 이상 아무 말도 할 수가 없었다.

 "너희 친정어머니한테 전부 들었어. 그토록 더러운 과거를 가지고 시집 왔으면 고분고분하기라도 해야지 어디 감히 시어미를 음해해. 내 정신이 뭐가 어떻다고."

 나는 순간 정신이 아찔해서 어찌할 수가 없었다. 특히 '고분고분'이라는 말이 내 뇌리를 강타하며 마음을 온통 흔들리게 만들었다. 잊어버렸던 일이다. 아니 지워 버리려고 애를 썼던 일이었다. 한데 뜻밖에 시어머니의 입에서 흘러나온 말이 다시금 그 일을 기억하게 만든다. 아아, 정녕 과거의 늪은 잊을 수도 지울 수도 없는 일이란 말인가. 언제까지 나를 휘감고 놓아주지 않을 것인가. 죽을 때까지? 아님 그 이후까지 이어질는지도 알 수 없는 일 아니겠는가. 벗어나고 싶다. 잊어버리고 지워 버리고 다시는 꺼내 기억하고 싶지 않은 굴레일 뿐이다.

 시간이 지났다. 서로 입을 다물고 한동안 가만히 있는데 어느 순간 의외로 시어머니가 먼저 말을 꺼냈다.
"그렇게 원한다면 가자. 설마 의사는 거짓말을 안 할 테지. 누가 더 정신에 문제가 있는지 가려보면 될 거 아니냐."
"잘 생각했어요, 어머니. 매일 싸우는 거보단 확실한 걸 알고 나면 맘 편할 거 아녜요. 결과에 따라 어느 쪽이든 치료받으면 될 거고."
 그때까지 아무 말도 하지 않고 지켜만 보던 시누이가 시어머니와 나를 번갈아 바라보며 부추겼다. 그때 갑자기 시어머니의 눈동자가 나를 향했다. 그리고 말했다.
"그땐 너도 승복해야 된다? 딴소리하지 말고."
"네, 어머님."
 나는 시어머니를 마주 바라보며 차분히 대답했다. 곁에 앉아 있는 남편의 숨소리가 불규칙하게 들려왔다. 나는 조용히 뒤돌아 가슴을 쓸어내렸다. 오랜 시간 힘들었던 전쟁의 끝이 보이는 거 같아 나는 내심 희망의 깃발을 흔들어 댔다. 엷은 미소가 내 입가에 번졌다. 시누이가 가만히 내 한 손을 잡아 줘었다. 순간 나는 든든한 지원군을 둔 거 같아 맘이 몹시 두근거렸다.

의사는 눈을 껌뻑였다. 육십 대 노모와 삼십 대 초반의 며느리가 서로 정신에 문제가 있다고 얘기하는 상황을 어찌 생각해야 할지 언뜻 대책이 떠오르지 않는 모양이었다.
"자, 자, 이러지들 마시고 일단 검사를 해 보도록 합시다."
"내가 검사를 왜 받아야 하는지 모르겠네. 정신이 멀쩡한데."
계속 두런거리는 시어머니를 의사는 조용한 눈으로 바라보고 있었다. 나도 뒤이어 한마디 했다.
"전 이제 삼십 대예요. 검사를 받을 필요가 없다고 생각되는데."
"그건 검사를 해 봐야 알 거 같습니다. 치매는 꼭 나이와 연관이 있다고 볼 수만은 없으니까요."

의사가 침착한 어조로 말하며 얼굴에 엷은 미소를 머금었다. 나는 큰 숨을 거푸 들이쉬었다. 시어머니는 연신 불만을 토로하며 뭐라고 구시렁거렸다. 가만히 들어 보니 역시 나를 향한 원망의 소리였다.
"늘그막에 며느리 잘 얻어 별일을 다 겪는구먼."
 나는 씁쓸한 표정으로 죄송스러운 맘에 고개를 푹 떨구었다. 가슴속에 찬바람이 쌩하고 지나는 느낌이었다. 제발 시간이 빨리 지나길, 나는 간절히 소망했다.

 검사 결과가 나오는 날, 나는 혼자 병원을 찾았다. 남편은 출근했고 극구 가지 않겠다는 시어머니를 억지로 모시고 갈 수는 없었다. 지하철을 타고 내린 다음 병원이 있는 쪽 출구를 향해 걸어가는데 갑자기 어느 지점에서 현기증이 몰려왔다. 그동안 너무 신경을 쓴 탓인 것만 같다. 나는 잠시 한쪽 벽에 몸을 기댄 채 머리를 뒤로 젖혔다. 정신이 아득해지는 느낌이었다. 내가 왜 이러지? 아무것도 기억나질 않는다. 조금 전까지 어느 방향으로 가야겠다고 생각했던 것들이 모두 지워지고 말았다. 머리를 흔들었다. 한데 이상하게도 오래전 일들은 너무도 선명하게 떠오르는데 방금 전 일은 왜 생각나지 않는 걸까? 돌아서면 잊어버리는 건망증? 아님 뇌에 정말 이상이 있는 걸까? 나는 별의별 생각을 다 해 보며 가슴을 움켜쥐었다. 사람들이 내 곁을 스쳐 어디론가 황급히 걸어간다. 나는 흐릿한 눈동자를 이리저리 굴려 봤다. 제정신으로 돌아오고자 아무리 애를 써도 안 된다. 내 기억의 강은 이렇듯 멀어져 갔다. 어릴 적 매를 너무 많이 맞은 탓일까? 엄마가 원망스럽다. 머릿속이 막연해질 때마다 나는 계부를 떠올렸고 지난 기억 속으로 밀려가곤 했다. 병원이 어딜까? 또 집은? 여전히 생각은 멈춰 있었고 시간이 지나도 아무것도 생각나지 않았다. 어디로 갈까. 나는 막연함에 몸을 떨었다. 그때 문득 뇌리를 스치는 여러 가지 생각, 소름 끼치는 지난날이 다시금 떠올랐다. 나는 몸을 으스스 떨었다. 비행(非行) 소녀로 살았던 때의 기억이 떠올랐기 때문이었다.

 계부가 갑작스러운 교통사고로 죽음을 맞았을 때 엄마는 서글피 울었지만 나는 내심 환호성을 질렀다. 어쩔 수 없이 엄마를 따라 병원엘 갔지만 나는 단 한 방울의 눈물도 흘리지 않았다. 하얀 시트에 덮여 마지막 길을 떠나는 계부의 몰골은 처참하기 이를 데 없었다. 나는 인간의 잔인함을 그동안 겪었기에 서글픔 따위는 내 마음 안에 0.1%도 들어 있지 않았다. 엄마도 미웠다. 피 한 방울 섞이지 않은 남남 간에 물론 늦게나마 부부 연을 맺고 한때 살을 섞고 살았다지만 그토록 대성통곡을 할 만큼 가슴 아프고 애통한 걸까. 의구심과 반발심이 한꺼번에 내 가슴을 파고들었다. 나는 엄마의 등 뒤에서 한 대 때려 주고 싶은 심정으로 엄마를 바라보며 얄밉기 그지없는 감정을 안고 있었다. 뭣이 슬픈 건데? 도대체 알 수 없었다. 지난 시간들이 핏물처럼 뚝뚝 내 눈에서 쏟아져 나온다는 사실을 엄마는 진정 알까? 입술을 깨물고 나는 엄마를 오래도록 응시했다. 매의 아픔보다 더 아픈 내 정신의 고통, 무엇으로도 보상받을 수 없는 그 순간들의 피해는 과연 어디서 회복할 수 있을까. 방어 능력도 따지고 덤빌 나이도 아닌 아홉 살에서 열네 살까지의 내 얘기는 그렇게 막을 내렸다. 진저리 쳐지는 과거라는 단어만 남겨 놓고.

계부가 살아생전 나는 세상 밖에서 헛바퀴를 돌며 끝없는 반항심에 역겨운 생활을 한 적이 있었다. 비행 청소년으로 살았던 한때, 담임 선생님의 눈을 피해 어딘가로 줄달음질 치곤 했다. 질식할 것만 같은 갇힘이 싫었다. 그곳은 내 또래의 갈 곳 없는 청소년들이 모여 사는 임시 보호소였다. 담임 선생님은 내가 조용히 살아 주길 바랐지만 그건 오로지 희망 사항일 뿐이었다. 내 마음속에서 이미 꿈틀대고 있는 세상을 향한 적개심은 끝을 모르고 나이가 들어가도 불타오르고 있었으니까. 그런 와중에 나와 생각을 같이하는 엇비슷한 처지의 원생들은 각자 나름 자존심을 안고 부모에 대한 반항심과 사회에 대한 불만을 거침없이 표출하곤 했다. 나는 그때까지도 늘 계부를 떠올릴 때면 죽여 버리고 싶다는 갈증을 느꼈다. 죽음 외에 더한 응징이 있을 수 없다는 생각을 하며 흐느껴 우는 때도 많았다. 너무도 아픈 상처, 도저히 치유할 수 없는 정신적 고통. 이제 모두 잊어버리자, 지워 버리자, 수없이 다짐해도 내 자력으로는 되지 않았다. 그래서 곪을 대로 곪은 상처는 깊은 마음의 병이 돼 성장한 다음에도 나는 나도 모르게 이상한 짓을 가끔 하게 된 것이다.

"씨팔, 세상 좆나 더럽다!"

내 입에서 상스러운 욕설이 튀어나올 때는 문제아로 낙인찍혀 경찰서 유치장에서 며칠 밤을 잘 때였던 거 같다.

20대, 한창 사춘기 물오른 나이다. 겁날 것도 두려울 것도 없는 세상의 쓴맛을 이미 겪은 나였다. 가출한 불량 청소년으로 낙인찍힌 뒤 나는 몇 번이고 경찰서를 들락거렸다.

"그래서 어쩌라고? 법대로 하면 될 거 아냐. 교도소로 보내든지. 누가 이러고 살고 싶대? 니들이 나를 이렇게 만들었잖아! 춥고 배고픈데 그냥 굶어 죽어? 도둑질이라도 해서 입고 먹어야 할 거 아니냐고. 옷 하나 훔친 게 뭔 죄라고 지랄들이야! 씨팔."

"대단한 아가씨, 이리 나와."

경찰관은 나를 불러낸 뒤 뜨끈한 소머리국밥을 내 앞에 디밀었다. 먹을까 말까, 망설이다 나는 대뜸 수저를 들고 한 그릇을 뚝딱 먹어 치웠다.

"식탐이 장난 아니네."

경찰관의 말에 나는 발끈했다. 내 귀에는 비아냥거림으로 들렸기 때문이었다.

"공치사, 더럽다. 퉤!"

"그럼 안 되지. 은혜를 원수로 갚음."

"오늘 얻어먹은 거 반드시 갚을 테니 기다려. 못 기다림 토해 주고."

히죽 웃는 경찰관을 향해 나는 이렇게 받아쳤다.

"이번에 풀어 주면 두 번 다시 그런 짓 하지 마. 열심히 일해 먹고 살아야지. 노동의 대가는 쓰지만 달거든."

"별 참견을 다하셔. 임무에 충실하면 될 걸. 오지랖이 넓은 건가?"

내 말에는 비웃음이 섞여 있었다.

"내가 취직시켜 줄 테니 따라와. 고급 인력이 그냥저냥 살면 되나. 노가다라도 해야지."

"고급 인력?"

내가 눈을 둥그렇게 떴다.

"젊다는 자체가 고급 인력이 될 수 있지."

"나는 분명 싫다고 했습니다요."

나는 고개를 좌우로 흔들었다. 하지만 경찰관은 내 극심한 반항심에도 의지를 굽히지 않고 나를 설득했고 나는 결국 지친 마음에 그의 뜻을 따르게 됐다. 그 취직이 뒷날 부부의 연으로 이어졌지만. 하지만 나는 그 후로도 계속해 나쁜 짓을 일삼았다.

"걱정 말고 패 돌려. 절대로 안 잡아가. 그 사람 나한테 뿅 가서 괜찮다니까."

나는 의기 당당하게 웃음을 흘렸고 그런 나를 경찰관

은 다시금 붙들어 갔다.

"나쁜 짓 하지 말라고 했잖아! 성실히 살면 어디가 덧나!"

이랬던 경찰관이 바로 지금의 남편이다. 생각해 보면 참 웃기는 시추에이션이 아닐 수 없다.

동정심이었을까? 아님 진짜 사랑했던 걸까. 의문이 줄줄이 이어지며 내 머릿속을 혼란스럽게 만든다. 의무를 다하기 위해 노력했던 거겠지. 국가로부터 녹을 받는 자의 사명감? 뭐 그런 거. 나는 얼핏 입가에 비웃음을 흘리며 오로지 그를 이용할 생각만 가슴속에 품고 있었다. 때론 돈을 뜯어내고 어느 때는 자동차를 타고 바람 쐬러 다니는 것이 마냥 좋았다. 가진 거라곤 쥐뿔도 없는 나로서는 그런 횡재가 없었다. 인물도 그런대로 괜찮고 성격도 웬만하고 어디 한 곳 흠잡을 데 없는 그였기에 나는 밑져야 본전이라는 생각으로 틈만 나면 연락하고 밥 사 달라 옷 사 달라 그를 불러내 괴롭혔다. 하지만 그는 조금도 불만을 표출하지 않았고 오히려 나를 늘 달래며 만나는 것을 즐겁게 여기는 듯싶었다. 물론 내 일방적인 생각에 불과했지만.

"아저씨, 왜 저한테 잘해 주시는 거예요?" 나는 궁금하기도 했고 이상한 생각도 들어 문득 그를 향해 물었다. 그는 대답 대신 씩 웃어 넘겼다.

"웃지 말고 말해 봐요. 난 심각한데 그쪽은 별거 아닌감?"

"할 말 없음."

"동정이라면 지금이라도 관두고."

"원하는 대답 말씀해 보셔."

"뭐예요? 역시 재수 꽝!"

"말본새하곤. 고쳐, 당장."

"아저씨가 뭔데 이래라저래라 간섭이람. 애인이라도 된담 모를까."

"그럴 수도 있지."

"뭐라고요? 그럼 혹시 날 좋아하는 거 아녜요?"

"정답."

"진짜?"

"진짜지 그럼."

"헐! 대박!"

이랬던 나였다. 지금 생각해 보면 많이 부끄럽고 창피한 일이었지만 그땐 왜 그랬는지 나 자신도 모를 일이었다. 오로지 내 안에 가득 찬 반항심만이 끝을 모르고 천

방지축 날뛰는 중이었으니까.

 얼마나 시간이 지났을까. 나는 가까스로 정신을 가다듬고 지난 기억 속에서 빠져나왔다. 머릿속이 뻐근하다. 너무 많은 생각을 한 탓인지도 모를 일이었다. 내가 어딜 가는 중이었지? 맞아, 병원! 나는 그때서야 문득 정신을 차리고 주변을 두리번거렸다. 많은 사람들이 오간다. 나는 천천히 발을 옮겨 병원이 있는 쪽 출구를 향해 걸어갔다.

과거의 굴레

 의사는 깊은 눈으로 나를 바라봤다. 나는 심호흡을 하며 의사와 마주 앉아 있었다. 마음이 착잡하면서도 몹시 떨렸다. 시어머니의 병명이 뭘까. 궁금하기도 하고 어떤 말이 의사의 입에서 흘러나올지 사뭇 긴장되기도 했다. 조금 시간이 흐른 후 드디어 의사가 입을 열었다. 나는 잠시 숨을 멎었다.
 "단도직입적으로 말씀드리겠습니다. 너무 놀라지 마십시오. 박순자 씨는 극히 정상입니다."
 박순자 씨는 시어머니의 성함이었다.
 "네에?"
 나는 자못 놀라 입을 딱 벌리고 눈을 크게 떴다. 곧바로 의사가 말을 이었다.

"그리고 정혜리 씨는 생각보다 증상이 심하십니다."

내 귀를 의심하며 나는 이미 벌어진 입을 다물지 못했다. 하지만 나는 아무래도 내가 잘못 들은 것만 같아 도저히 믿을 수가 없었다. 눈을 치뜨며 의사에게 물었다.

"지금 뭐라고 하셨습니까, 교수님? 혹시 이름을 착각하신 건 아닌지?"

의사가 얼굴에 잔잔한 미소를 머금었다. 의미가 담긴 웃음 같았다. 나는 의사의 눈을 뚫어져라 쳐다봤다. 곧 의사의 입에서 말이 흘러나왔다.

"아닙니다. 틀림없는 사실입니다. 의사인 제가 착각할 리가 있겠습니까. 병을 앓고 있는 분은 정혜리 씨가 확실합니다. 그러니 입원하셔서 치료를 받도록 하는 게 좋을 거 같습니다."

"병명이 뭐죠?"

너무도 충격적인 말이었지만 나는 침착함을 잃지 않으려고 애를 쓰며 진지하게 물었다.

"알츠하이머병입니다."

의사는 단호하게 말하고 나를 격려하는 눈빛으로 바라봤다. 나는 정신이 아득해 왔다. 그러나 의사를 불신하고 싶지는 않았다. 다만 지금의 현실을 어떻게 받아들

여야 할지 막연할 뿐이었다. 나는 잠시 후 비틀비틀 의사와 마주 앉아 있던 의자에서 몸을 일으킨 다음 가까스로 진료실 문을 밀치고 밖으로 나왔다. 머릿속이 복잡하다. 정녕 그렇다면 이제까지의 모든 일은 시어머니가 아닌 나에게 문제가 있어 일어났단 말인가. 이 생각에 머물자 나는 머리가 지끈지끈 아팠다. 과연 성장 과정에 있었던 일들이 정신과 어떤 연관이 있을까. 알 수 없는 문제다. 하지만 인정할 수밖에 없는 현실, 하긴 과거의 잘못으로 인해 현재와 미래를 망치는 일도 더러 있지 않던가. 나 또한 과거 땜에 피해자인데도 죗값을 치러야 하는 모양이다. 이렇게 생각하고 나는 머리를 세차게 흔들었다. 너무도 맘이 슬프고 버거웠다.

휘청거리는 발걸음을 옮기는데 그때야 두 눈에서 눈물이 펑펑 쏟아졌다. 이 일을 어떻게 설명하고 또 앞으로 수습해야 할까. 시어머니와 남편의 얼굴이 얼핏얼핏 스쳤다. 뒤이어 시누이의 얼굴도 스쳐 지난다. 순간 나는 머리를 세차게 흔들었다. 특히 시어머니의 비웃음 섞인 표정 아아, 이 노릇을 어찌해야 좋을까. 차라리 완전히 미쳐서 아무것도 모르는 게 나을 것만 같았다. 핸드폰이 울린다. 남편이었다. 나는 멀건 눈으로 한참 동안 핸드폰을 바라봤다. 받을 엄두가 나질 않았다. 마치 큰 죄를 짓고 어딘가 숨어 버리고 싶은 범죄자의 심정이 바로 이런 것 아닐까 하는 생각만 오롯이 내 머릿속을 채워 올 따름이었다.

"여보세요? 왜 말이 없어?"

남편은 계속 다그치며 궁금함을 감추지 못했지만 나는 끝내 단 한마디도 입 밖으로 꺼내 답하지 못하고 핸드폰만 물끄러미 바라보며 오래도록 그 자리에 우두커니 서 있었다.

시간이 꽤 흘렀지만 나는 집을 향할 수가 없었다. 무작정 거리를 헤맸다. 한없이 걷고 생각하고 고민했다. 하지만 아무런 대책도 떠오르지 않았다. 어떡해야 할까. 막연한 생각에 몸을 떨었다. 믿기지 않는다. 아무리 인정하려 해도 현실이라고 여기기엔 뭔가 잘못된 것만 같다. 그동안 치매, 알츠하이머병, 생소한 단어는 아니지만 나와는 거리가 먼 남의 일로만 생각했었다. 그리고 반드시 나이와 관계되는 그런 병인 줄만 알았다. 한데 내가? 왜? 분명 오진이다. 좀 더 따지고 확인했어야 했는데 금방 수긍을 해 버린 내가 이제와 되돌아보니 단순하기 짝이 없었다. 다른 병원으로 가 다시 진단을 받아 봐야 할 거 같다. 오만 가지 생각이 머릿속을 맴돌았다.

  나는 차마 집으로 가지 못하고 더 큰 병원을 찾았다. 그 시간 집에서는 난리가 났던 모양이었다. 이미 남편이 진료를 받았던 병원으로 전화를 해 담당 의사로부터 모든 사실을 알게 됐지만 나는 까마득히 모른 채 허둥댔던 것이다. 얼마의 시간이 지난 뒤 또다시 결과를 확인했을 때 나는 그만 풀썩 주저앉고 말았다. 모든 게 믿기지 않고 오직 허망할 뿐이었다. 후들후들 떨리는 다리가 힘을 잃었다. 그럴 리가 없다. 이건 현실 아닌 꿈일 것이다. 아니라고! 나는 계속 소리쳤지만 결국 부정할 수 없는 것만은 틀림없다고 결론짓게 됐다. 순간 스멀스멀 머릿속을 채워 오는 어떤 생각이 나를 멈칫하게 했다. 늘 불안과 초조가 내 목덜미를 무겁게 만들던 시간, 어느 때는 베란다를 바라보며 갑자기 두려움에 몸을 떨고 또 어느 순간에는 무더운 여름날에도 추위를 느끼며 바짝 몸을 움츠린다. 과거의 기억은 이렇듯 나를 옥죄이며 가끔 힘들게 했다. 나는 집 안에 있는 고무호스 등 체벌에 사용될 만한 물건이 눈에 띄면 감추기 급급했고 시어머니는 이런 내 이상 행동을 예의 주시하며 내내 의심의 눈초리로 바라보곤 했다. 하지만 상처로 얼룩진 깊은 내 속마음은 멈추지 않고 계속됐다.

"미쳤어!"

시어머니는 연신 투덜거리며 내 행동을 못마땅해했다.

"정신이 이상한 게 틀림없어. 아무리 봐도 정상이 아니라니까."

그런 시어머니를 의식하며 내가 몸을 움츠릴 때면 남편은 늘 웃음 띤 얼굴로 나를 다독여 주곤 했다.

"괜찮아. 차츰 좋아질 거야. 아직 당신 맘속에 악몽이 남아 있어 그런 거니 걱정하지 않아도 돼. 내가 반드시 잊게 해 줄 테니 편안하게 생각해."

이렇게 말하며 남편은 나를 포근히 감싸 안았다. 배알도 없나? 나는 속으로 이렇듯 중얼거렸다. 아마도 그 언젠가 고통스럽던 시간 내가 그리도 찾던 신이 바로 남편이 아닌가 싶기도 했다. 나는 이 생각과 함께 고개를 설레설레 내두르고 곧바로 발길을 뗐다. 하늘이 온통 먹구름으로 뒤덮여 있는 듯 어둡고 음산하기 그지없었다.

"내 뭐랬어. 난 아무 이상 없다고 하지 않았어. 내 말을 끝내 못 믿고 검사니 뭐니 야단법석을 떨더니 결국 결과가 빤한 걸 두고 사람 고생시킬게 뭐람."

내 예상대로 시어머니는 기고만장 날개를 편 모양으로 투덜거렸다.

"어머니, 그만하세요. 저도 심경이 복잡합니다."

남편의 풀 죽은 모습이 시어머니를 금방 조용하게 했다. 나는 말없이 그런 시어머니와 남편을 바라만 봤다. 마음은 괴롭고 힘들었지만 이러쿵저러쿵 얘기한들 무슨 소용이겠는가. 일단 검사 결과가 말해 줄 뿐이지. 나는 깨끗이 승복하고 시어머니를 향해 죄송하다는 말과 함께 고개를 연거푸 숙여 보였다. 하지만 시어머니는 전혀 마음을 달리할 생각이 없는 모양이었다. 계속 상을 찌푸리며 못마땅해한다. 남편은 중간에서 이러지도 저러지도 못하고 안절부절 했다. 나는 조용히 일어서 주방으로 향했다. 함께 자리에 앉아 있는 게 거북스러웠기 때문이었다. 한데 문득 내 귓속으로 들려오는 남편과 시어머니의 대화, 나는 황당함에 두 눈을 크게 뜨고 거푸 심호흡을 했다.

"그러게 집안 내력을 봐야 해. 내 뭐라던? 근본적으로 문제가 있다고 하지 않았남."

"어머니, 이미 알고 한 결혼이라고 말씀을 드리지 않았습니까. 집사람 죄가 아닙니다. 죽은 계부가 나쁜 사람이죠."

"그건 알지만 도둑질한 건 몰랐잖아?"

"그게 왜 도둑질입니까. 호기심에 그런 걸."

"어쨌든."

"어머니에게 사랑받고 싶어 그랬답니다. 그리고 지난 얘긴데 굳이 들먹일 필요가 있겠어요. 어찌 됐든 우린 가족입니다. 모든 거 보듬어 안아야지요. 가족이란 좋은 것만 끌어안는 게 아니라고 생각합니다. 아프고 힘들 때 더욱 따뜻하게 품어야지요. 어머니도 이제부터 마음 여시고 포근히 대해 주세요. 그럼 병도 빨리 치유될 테니까요. 그래 주실 거죠, 어머니?"

"나야 뭐, 병이 낫길 바랄 뿐이지."

"고맙습니다, 어머니."

어쩔 수 없이 시어머니는 아들의 말을 따르는 듯싶었다. 나는 하마터면 소리를 낼 뻔한 입을 한 손으로 막고 얼른 내 방으로 들어갔다. 가슴속이 벌렁거렸다. 금방 내 두 눈에서 눈물이 쏟아져 나왔다. 기가 막힌 현실을 나는 인정하고 싶지 않았다. 슬프고 괴로운 생각이 내 한 쪽 가슴을 후벼 팠다.

"왜 입원하지 않겠다는 거야? 치료를 받아야 빨리 회복하지."

"아무렇지도 않은데 굳이 입원해 치료받아야 할 까닭이 있겠어요?"

"그건 당신 생각이고 의사의 말을 따르는 게 맞지."

"전 절대로 입원하지 않겠어요. 치료를 받아야 할 이유도 없고."

"고집부리지 말고 입원해 치료받도록 해. 의사가 허튼소리 하겠어? 진단 결과가 그렇다는데 이유 따져 뭐할 거야."

"환자 취급하지 말아요! 전 정신이 멀쩡한데 왜들 그러는지 아리송할 뿐이니까."

"그럼 의사가 거짓말을 한다는 거야? 알 만한 사람이 왜 그래. 그리고 결과에 승복하기로 약속했잖아. 그건 지켜야지."

"제 생각은 변하지 않아요. 그러니 더 이상 설득할 필요 없어요. 괜한 헛김이니까."

나는 더욱 심란한 마음으로 절대로 병원에 입원하지 않겠다고 고집을 부리며 힘든 시간을 이어 갔다. 그러나 남편은 포기하지 않고 계속 나를 어르고 달랬다.

"어머니 때문이라면 섭섭하더라도 당신이 이해 해. 나이 드셔서 그러시는 걸 탓하면 뭘 하겠어. 나를 봐서 당신이 참아."

남편의 말엔 진심이 담겨 있었다. 나는 그것을 알기에 그때야 약간 맘을 누그러뜨리고 말했다.

"생각해 볼게요."

"생각할 거 뭐 있어. 당장 입원 준비하자고."

"알았어요."

나는 결국 남편의 끈질긴 설득에 못 이겨 병원에 입원하기로 마음을 정했다. 그것만이 남편을 위해 해 줄 수 있는 내 단 하나의 선물일 것만 같았다. 그동안 받기만 했지 아무것도 남편에게 해준 게 없다. 미안하고 죄스럽다. 한편으로 나는 가족의 화목을 위해서도 그렇게 해야만 된다고 생각하게 됐다. 입원 준비를 해 병원을 향하는 내 마음은 쓸쓸하기 그지없었다. 시어머니의 모습은 끝내 보이지 않았다. 오직 남편만이 내 곁에서 나를 보호해 줄 뿐이었다.

입원 첫날, 나는 병실 침상에 앉아 조용히 지난 시간들을 되돌아봤다. 마음이 참담하기도 했지만 그보다 더 시어머니에 대한 생각이 내 머릿속을 가득 채우고 있었다. 내가 심호흡을 내뱉으며 의사를 향해 따지듯 물었던 시어머니의 증상, 그 모든 것은 과연 뭐였단 말인가. 의사는 내 궁금증에 대해 자세히 설명해 줬다.

"그건 미움이지요. 집착이 강한 분들은 한번 꽂히면 쉽게 벗어나지 못하는 그런 게 있습니다. 많은 대화를 나눠 봤는데 별 특별한 건 없고 다만 무조건적인 믿음의 결여에서 비롯된 듯싶습니다. 그게 노인 분들의 아집 아닐까 생각되기도 했습니다만 앞으로 그런 점을 유의하시고 좀 더 노력하신다면 반드시 좋은 관계로 발전하시리라 확신합니다. 힘드시겠지만 시간을 두고 천천히 다가가 보십시오. 그것은 곧 환자분 자신을 위해서도 필요한 부분일 테니까요."

나는 의사의 말에 아무런 답변도 하지 않았지만 마음속이 몹시 혼란스러웠다. 솔직히 자신도 없고 아무리 노력해도 시어머니의 성격상 안 될 거라는 걸 잘 알고 있기에 더 이상 뭐라고 말할 용기가 생기지 않았다. 이미 내 마음 안에 담긴 불신이 너무도 크고 상처가 깊은 까닭이었다. 그러나 나는 의사의 말을 되짚어 생각해 보며 어느 순간 고개를 끄덕거렸다. 맞다. 시간이 약일지도 모른다.

엄밀히 따져 보면 나 또한 잘한 게 하나도 없다. 언제나 시어머니의 모든 점을 못마땅해하며 대들고 맞싸우고 조금도 시어머니의 입장에서 생각해 보지 않은 것도 문제일 수 있을 것만 같다. 부모와 자식 관계다. 어찌 됐든 먼저 수그리고 이해하려고 노력했어야 했는데 뒤돌아보니 단 한 번도 그런 적이 없었던 것 같다. 나는 깊은 후회와 반성을 하며 머리를 가볍게 흔들었다. 바로 옆 보조 의자에 앉아 있던 남편이 이상한 기미를 느꼈는지 곧바로 일어서 내 곁으로 다가왔다. 그리고 물었다.

"무슨 생각을 그리 오래 해? 혹시 어디 아파?"

눈을 크게 뜨고 묻는 남편의 얼굴을 나는 한참 동안 말없이 바라봤다. 참 많이 미안하다는 생각만이 내 가슴 전체를 채우고 있었다.

"아뇨. 잠시 어머님에 대해 생각을 했어요."

"왜 또. 입원해 있는 동안만이라도 하지 말라고 했잖아. 훌훌 털어 버리고 치료에만 전념하라니까."

내 말에 남편은 호흡을 가쁘게 몰아쉬며 걱정스러운 눈으로 말했다. 나는 눈가에 엷은 미소를 담고 남편을 바라봤다. 남편은 하찮은 내 행동 하나에도 촉각을 곤두세우고 있는 듯 보였다. 나는 웃음을 참을 수 없어 대뜸 입 밖으로 소리를 냈다. 남편의 두 눈이 휘둥그레졌다. 마치 내가 웃는 것이 정신에 문제가 있어 그러는 건 아닐까 하는 표정이었다.

"걱정하지 말아요. 저 아무렇지도 않아요. 정상이라니까요."

나는 얼른 알아차리고 이렇게 말했지만 여전히 남편의 눈동자는 내가 보기에 나를 비정상으로 보는 거 같았다. 매사 이러니 내가 미치고 환장할 수밖에.

"앞으로 어떡하면 어머님과의 관계를 잘 할 수 있나 생각했어요. 의사의 말을 되돌아보고."

"후…."

내 말을 듣고 난 다음 그때야 남편은 긴 한숨을 내쉬었다. 긴장한 표정이 역력해 보이는 남편을 바라보며 나는 우습기도 하고 어이가 없기도 해 고개를 살래살래 내둘렀다. 가장 가까운 남편마저도 나를 정상인으로 보지 않는다는 점이 나는 내내 슬펐다.

봄꽃

 봄꽃은 필까? 병원 뒤편 벤치에 앉은 나는 먼 하늘을 바라봤다. 유독 푸르다. 하얀 구름 사이로 얼핏얼핏 보이는 파란 하늘이 마음을 한결 가볍게 한다. 날개를 달고 날면 좋겠다. 고통도 근심도 그 아무것도 없는 조용한 세상에서 살고 싶다는 간절함이 가슴 끝에 머문다. 간병인이 곁에서 눈망울을 굴린다. 내가 빙긋 웃는 모습이 왠지 걱정스러운 모양이다. 정상인이 보는 세상은 다른 걸까? 물론 내 마음은 비정상이 결코 아니지만 바라보는 시선은 그렇지 않은 거 같다. 쓴웃음을 머금었다. 아무것도 믿어 주지 않는 사람들이 오히려 우습게 생각된다. 외쳐도 소용없고 버둥대도 안 된다. 그러면 그럴수록 치료를 이유로 옥죄일 뿐이다. 가만히 있는 게 상수다. 나는 벌써 터득하고 조용히 지낸다.

"여사님, 제가 이상해 보여요?"

"아, 아뇨."

갑작스러운 내 물음에 당황하는 모습이 역력해 보이는 간병인을 나는 서글픈 눈으로 바라봤다.

"아무리 봐도 정상인 거 같은데, 병명이 치매라니 믿기지 않아요."

간병인이 고개를 갸웃하며 하는 소리다.

"억지로 위로하지 말아요. 난 아무래도 괜찮으니까."

"아녜요. 정말이에요. 전 많은 환자를 돌봤지만 이번 경우는 좀 애매해서 영 헷갈리네요. 진짜로."

"그럴 거예요. 하지만 설명할 수가 없네요. 그리고 치매가 아니고 알츠하이머병이랍니다."

"그게 그거죠."

간병인이 입술을 오므렸다.

"왠지 느낌이 다른 거 같아 하는 말이에요. 아직 나이가 젊다 보니 듣기에도 거북하고."

내가 씁쓸한 표정을 지었다.

"네, 알겠습니다. 각별히 신경 쓸게요."

"고맙습니다."

그때였다. 저만큼에서 시어머니와 남편이 함께 걸어온다. 나는 표정을 굳혔다.

"좀 어떠냐?"

"괜찮아요, 어머님."

나는 맘에 없는 대답을 했다. 한데 뜻밖에 시어머니의 입에서 생각 외의 말이 흘러나왔다.

"정신이 좀 이상하면 어때. 가족끼리 보듬으면 되지."

"…?"

"대충 치료하고 퇴원해. 병원에 입원해 있다고 고칠 수 있는 병도 아니고 내 생각으론 가족 간의 사랑이 약일 거 같다."

"어머님?"

나는 두 눈을 황망히 뜨고 시어머니를 빤히 쳐다봤다. 시어머니 곁에서 남편이 빙그레 웃는다. 나는 순간 가슴 속에 뭔가 꽉 들어찬 느낌이었다. 멍한 내 눈에 시어머니와 남편이 한꺼번에 들어왔다. 그때 시어머니가 성큼 다가와 내 몸을 꼭 끌어안는다. 나는 숨이 막혀 곧 질식할 것만 같았다. 가슴이 소리를 내며 콩닥콩닥 뛰었다. 먼 하늘이 다시금 내 눈 속을 꽉 채운다. 마치 봄꽃이 핀 듯 모든 사물이 아름다워 보였다.

퇴원하는 날, 소식을 듣고 달려온 시누이의 손엔 꽃다발이 들려 있었다. 예쁜 봄꽃이었다. 분홍 노랑 색깔의 아름다운 꽃을 보자 내 마음도 화사해졌다. 시누이는 내 한 손을 꼭 잡고 말없이 엷은 미소만 머금고 있었다. 하지만 나는 그 미소 속에서 용서와 화해의 의미를 읽을 수 있었다. 마음이 보다 평화롭고 따뜻함을 느끼며 나도 환한 웃음을 시누이에게 전달했다. 주변이 온통 밝음으로 채워진 거 같았다. 몸도 한결 가뿐하고 개운했다. 나는 시누이에게서 받은 꽃다발을 간병인에게 건네고 시누이에게 살포시 기댔다. 시누이가 나를 꼭 끌어안았다. 나는 더없이 포근함을 느꼈다. 이제 오해도 불안함도 모두 모두 잊고 행복한 삶만 이어지면 좋겠다. 나는 마음속으로 이런 소망을 가져 봤다. 병실 창밖 하늘이 유독 푸르고 맑아 보였다. 나는 서둘러 퇴원 수속을 마쳤다. 문득 의사의 말이 뇌리를 스친다.

"매사 긍정적으로 생각하시고 마음을 편히 가지시면 될 겁니다. 모든 병은 마음에서 오는 것이지요. 뇌도 마음과 연결돼 있다는 점 명심하시고 맑은 정신으로 살아가시길 바랍니다. 항상 차분하게 한 박자 늦추면 앞으로 별문제는 없을 걸로 여겨집니다. 기억은 현재도 미래도 아닌 과거라는 거 잊지 마시고 언제나 현재에 충실하시면 될 겁니다. 모든 건 정신의 문제니까요."

나는 의사의 말을 되짚어 보고 고개를 끄덕였다. 맞는 말이다. 병은 마음에서 오는 거. 급한 성격도 스스로 다스리며 차분하게 생활에 임하자. 굳이 과거를 되돌아보지도 말고 현재만 생각하자. 거기에 한 박자 늦추면 나는 절대로 치매 환자라는 오명을 쓰지 않아도 되겠지. 내가 판 무덤 내가 덮어야 하니까. 나는 쓴웃음을 입가에 머금고 병실 창밖 하늘을 다시 한 번 쳐다봤다. 조금 전보다 훨씬 청명하게 보였다.

퇴원 후, 집으로 돌아온 나는 남편과 시어머니의 보살핌으로 차츰 용기를 안고 살아가게 됐다. 가끔 가물거리는 정신은 꼭 옛 기억으로 밀려갔을 때 나타나는 현상이라는 것을 알아냈다. 뇌는 하나다. 그러나 정신과 연결돼 있다. 그러므로 두 개의 역할을 한다. 뇌가 너무 많은 고민과 스트레스에 휩싸였을 때 감당할 수 없는 복잡함을 드러내기도 하는데 이런 경우엔 의학적으로도 풀 수 없는 문제가 발생한다. 의사는 아직도 숙제로 남아 있는 인간과 치매의 결론은 스스로도 잘 알 수 없다고 진솔하게 말해 줬다. 나는 왜 알츠하이머병에 걸리게 됐을까. 많은 신경과 전문의들이 얘기하는 걸 들어 보면 알츠하이머병의 호발 연령은 65세 이후이나 드물지만 40, 50대에서도 발생한다고 한다. 발병 연령에 따라 65세 미만에서 발병한 경우를 초로기 알츠하이머병, 65세 이상에서 발병한 경우 노인성 알츠하이머병으로 구분할 수 있다는 것이다. 한데 나는 아직 30대 초반이다. 그렇다면 세계적으로 봐도 드문 사례가 아니겠는가. 아무리 생각해도 이해되지 않는 부분이 있다. 내가 아무 곳에나 변을 보는 것도 아니고 기억력이 없어 헤매는 것도 사람을 못 알아 보는 것도 아니다. 아니 되레 누구보다 지난날의 기억을 또렷이 하고 있다. 오히려 너무 선명해서 탈이지만. 사람들은 말한다. 정상인이 화장실에 가 보면 변이고 치매 환자가 아무 데나 싸면 똥이라고. 참 알 수 없는 궤변이다. 하지만 인정할 건 해야겠다. 내가 이상한 행동을 보이는 건 부정할 수 없는 사실이니까. 옷과 귀금속에 집착하는 점, 언제 가져다 놓았는지 전혀 인지하지 못하는 점, 특히 황금빛에 유혹을 느낀다는 점 등이 내 이상 행동의 증거다. 나는 이렇듯 암담한 현실에 맥이 빠질 뿐이다. 대책도 없고 방법도 찾을 수 없는 내 이상 행동, 몇 번이고 머리를 뒤흔들고 정신을 똑바로 하려 해도 내가 한 일을 내가 모른다는 게 어디 말이나 될 법한 얘긴가. 암튼 아이러니 할 뿐이다. 그러나 아무리 생각해도 내 나이로 봐 치매, 알츠하이머병 등의 병명은 맞지 않는 거 같다. 아마도 누군가 정신 의학자가 이 사실을 안다면 당장 달려와 임상 실험을 해 보자고 덤벼들지도 모를 일이다. 나는 이런 생각을 하며 헛웃음을 흩뿌렸다. 그때였다.

"밥 먹자!"

시어머니의 목소리가 크게 울려왔다.

"네, 어머님!"

달리듯 주방으로 들어서니 참기름 냄새가 고소하다. 나는 코를 킁킁거렸다.

"많이 먹으렴."

시어머니의 말이 참기름에 버무려져 더욱 향을 냈다.

"잘 먹겠습니다, 어머님."

말을 끝내는 순간 울컥 가슴이 미어진다. 너무 과분한 호강을 하는 거 같아 내심 죄송하기 그지없었다.

"잘 먹어야 병이 빨리 낫지."

시어머니가 내 맞은편 의자에 앉으며 하는 말이었다. 나는 문득 상을 찌푸렸다. 그리고 대꾸했다.

"저 병 걸린 거 아니에요. 정신이 말짱한데 왜 자꾸 환자 취급하세요. 그럼 섭섭해요, 어머님."

"알았으니 많이 먹기나 해. 그리고 섭섭할 것도 많다. 우리 이제 그러지 않기로 했잖니. 뭐든 이해하고 보듬어 안기로."

"그건 맞지만 언제까지 그러실 건데요?"

"병이 다 나을 때까지."

"거봐요, 어머님. 환자 아니라는데 믿지 않으시잖아요."

"의사가 그랬잖니. 치매나 알츠하이머병은 본인이 병을 앓고 있는지도 모른다고. 그리고 인정하지 않으려는 환자가 대부분이라고도 했고."

"참, 어머님도. 왜 의사 말만 믿으세요. 제 말도 믿어 주셔야지."

내가 표정을 굳혔다.

"어서 밥이나 먹어. 또 신경 쓰면 도질라."

시어머니는 밥숟가락을 입으로 가져가며 근심스러운 어투로 말했다. 나는 큰 숨을 내뱉고 밥과 국 그리고 반찬을 열심히 먹기에 여념이 없었다. 그러나 목구멍이 막히고 체증이 느껴져 밥맛은 전혀 느끼지 못했다.

일요일, 남편은 나를 놀이터로 데려갔다.

"여긴 왜?"

내가 눈망울을 굴렸다.

"즐겁게 해 주려고."

"싫어요. 어린애도 아닌데 무슨 놀이 기구."

"안타도 돼. 그냥 지난 어린 시절을 생각하며 동심에 젖어 보라는 거지."

남편이 빙긋 웃는다.

"눈물 날 만큼 고맙네요. 하지만 이젠 저도 유부녀예요."

"그럼 엄마가 되도 되겠네?"

남편이 눈을 크게 떠 보였다.

"그런 뜻은 아니고 단지 어린애가 아니라는 표현을 한 거니 오해 같은 건 하지 않았으면 좋겠네요."

"당장 말고. 좀 더 시간이 흐른 후에."

"그건 그때 가서 생각할 문제고."

"반허락? 오케이! 그 정도면 돼."

"꿈도 야무지셔."

"꿈이라도 꿔야 희망이 있지."

"됐네요."

나는 입술을 삐죽 내밀고 남편의 등에 업혀 놀이터를 한 바퀴 돌았다. 마음이 유난히 차분했고 남편의 등은 그야말로 따뜻했다.

| 수상 소감 |

 수십 년 전 저는 병상 생활을 한 적이 있습니다. 그때 유독 치매로 인해 환자 본인뿐만 아니라 가족들이 힘들어하는 모습을 자주 목격하게 되었습니다. 가끔은 치매 환자들과 대화를 나누기도 했는데, 평소에는 정신이 온전한 사람처럼 보였지만 어느 때는 완전히 다른 사람처럼 행동하는 걸 느낄 수 있었습니다. 처음에는 기억력에 문제가 있어 그러려니 하고 무심히 지나치다가도, 계속 대화를 이어가며 그들의 세계에 접근해 보려고 했습니다. 그 과정에서 그들의 특이한 행동이 치매와 관련이 있다는 걸 알게 됐습니다. 예를 들어, 특정 물건에 유독 애착을 갖거나 때론 숨기려는 행동은 물건에 대한 욕심이 아닌 치매의 증상이었습니다. 치매 환자들은 평소에는 아주 진지하고 정상적인 모습을 보이다가도 어느 순간에는 전혀 예상하지 못한 행동을 하거나 엉뚱한 소리를 하며 보호자들을 힘들게 하는 경우가 많았습니다. 어느 환자는 손발이 묶여 침대에서 고래고래 소리를 지르며 간

병인과 간호사들을 괴롭히기도 했습니다. 그럴 때면 모두 미쳤다고 가까이하려 하지 않았습니다. 병실 안에서는 그들의 그런 행동을 이해하기보다 피하려는 경향이 강했던 거 같습니다.

 치매 환자 중에서는 과거를 회상하며 마치 한 권의 소설을 써 내려가듯 자신의 사연을 털어놓는 경우도 있었습니다. 그러나 시시각각 달라지는 치매 환자를 온전히 신뢰할 수만은 없었습니다. 하지만 그들의 이야기를 들으며 느꼈던 몹시 혼란스럽고 가슴 아팠던 기억을 지금도 머릿속에서 떨쳐 내지 못하고 있습니다. 그것이 치매에 대한 글을 써 보기로 결심한 동기가 된 거 같습니다.

 마지막으로, 부족한 글을 선정해 주신 심사위원님들께 깊은 감사를 드립니다. 수상 소식을 들었을 때 마치 하늘을 날아갈 것처럼 기뻤습니다. 치매로 고통 받는 환자와 가족들에 대해 꾸준히 글을 쓰며 더 좋은 작품으로 보답하겠습니다. 감사합니다.

디멘시아북스는 DementiaBooks
디멘시아북스

치매에 대한 올바르고 정확한 지식과 정보를
전달하고자 노력하는 치매 전문 출판사입니다.

디멘시아북스 출간도서

IT, 치매를 만나다
저자 양현덕, 박준일, 김현식, 박동석, 서정욱

담장 너머 치매
저자 곽용태

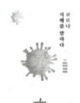
코로나 치매를 말하다
저자 양현덕, 곽용태, 조재민, 최봉영

치매 정명
저자 양현덕, 정진, 조재민, 최봉영

알츠하이머
저자 양현덕, 정진, 조재민, 최봉영

치매를 읽다
저자 양현덕, 조용은, 조재민, 최봉영, 임주남